中国校园经典散文

童谣时代

我的青春，与你有关

卞庆奎◎主编

全国百佳图书出版单位

APERTURE

黄山书社

时代出版传媒股份有限公司

图书在版编目（CIP）数据

童谣时代 / 卞庆奎主编. —合肥：黄山书社，
2011.12

（中国校园经典散文）

ISBN 978-7-5461-2300-4

Ⅰ．①童… Ⅱ．①卞… Ⅲ．①散文集–中国–当代
Ⅳ．① I267

中国版本图书馆 CIP 数据核字 (2011) 第 248694 号

童谣时代　我的青春与你有关　　　　　　　　卞庆奎　主编

出 版 人：任耕耘　　　　　　　　　　选题策划：王其芳　刘一寒
责任编辑：王其芳　刘一寒　　　　　　版式设计：王　焱
责任印制：李　磊

出版发行　时代出版传媒股份有限公司（http://www.press-mart.com）
　　　　　黄山书社（http://www.hsbook.cn）
　　　　　（合肥市翡翠路 1118 号出版传媒广场 7 层 邮政编码：230071）
经　　销　全国新华书店
印　　刷　北京正合鼎业印刷技术有限公司

开　本：710×1000　1/16　　印　张：15　　字　数：180千字
版　次：2012 年 6 月第 1 版　　　　　　2012 年 6 月第 1 次印刷
书　号：ISBN 978-7-5461-2300-4　　　　定　价：28.00 元

目 录 CONTENTS

童年的日历常常涂满绿色，如同一本永不会发黄的相册。那时候天总是晴朗的，时光总是无忧无虑的，所有的一切都是那么新鲜，如今才发现，原来都只是那时年少。

第一章

浮华流年，寂寞随行

　　岁月苍老了谁的容颜，流年蹉跎了谁的青春，
迷茫、彷徨、落寞、醍醐，谱写着青春的旋律。
爱过、恨过、痛过、伤过，才懂得了坚强的意义。
曾经的记忆如同光影里的流星划过，在苍茫的夜
空中渐渐消失不见。当流年的风帆再次起航，我
会带上记忆的黑匣，拽紧流光的尾巴，颠簸启程。
浮华的喧嚣，终究落满尘埃，世外的清贫，依然
笑傲南山。

风影拂尘

于 杨

西域的出生给了李白罗布泊般的天真无邪，草原般宽广的胸襟和天马行空般不羁的性格。早年的学习使他还不到二十岁就已经在文学这块圣地上斜睨天下英杰。而他的确也是才华横溢，犹如一块从未被雕琢过的美玉，通体晶莹，闪烁着动人心神的光芒。

李白是一个传奇，我认为。也许你会觉得可笑，不过，如果说那样，我却可以说，你不完全明白我的意思。

确实，高山仰止不需挂在嘴边，尤其是众人心中的高山。李白的出现使中华文化得以发扬光大，一度领先于世界已是不争的事实。连外国人也不得不承认他是人类公元第一个千年里最伟大的诗人，就在莎士比亚时代之前。

李白的身世倒不像莎翁那样的扑朔迷离，有人说他有西域血统，而这或许就是上苍给予中华的一种恩赐。西域的出生给了李白罗布泊般的天真无邪，草原般宽广的胸襟和天马行空般不羁的性格。早年的学习使他还不到二十岁就已经在文学这块圣地上斜睨天下英杰。而他的确也是才华横溢，犹如一块从未被雕琢过的美玉，通体晶莹，闪烁着动人心神的光芒。循着千百年来儒家"学而优则仕"的思想，李白入世了，提着宝剑，唱着"仰天大笑出门去，我辈岂是蓬蒿人"。

文化的先进程度，一个民族的强弱，和他的容忍力是息息相关的。而大唐作为中华民族乃至世界农耕文明发展的最高点，有着几乎是人类历史上最博大的胸怀，却还是难以容下太白盖世的才情。李白自比管仲、乐毅，有着极大的政治抱负，可他的政治才能几近无知。天真的他又怎会懂得政治上的尔虞我诈。玄宗也早已从"天子呼来不上船，自称臣是酒中仙"中看出他与政治的极不协调。一开始还让他作作"词臣"，后来更是看出"此鱼岂是池中物，若遇风云便成龙"，赐金放还长安城。

就是这样一个决定，给了李白一个"诗仙"的美名，更让大唐的文化走向了极致。政坛上的失意源于他的不羁，而以后使他在文坛上如日月般熠熠生辉的却也是源于他的不羁。他的思想由儒入道，"五岳寻仙不辞远，一生好入名山游"灵运又近了一步，他开始体会老庄那种世外的孤寂之感了。他无法改变这命运，于是，他注定早逝，尽管被渲染得浪漫到无比浪漫的地步。

后来，不知是不是社会认可了他，反正他并不像杜甫那样，需后人借尸还魂方登大雅之堂。或许他实在是才情高绝，他的名字传了一代又一代，直到深深烙在中华民族的骨子里。

不知他是什么时候意识到自己的命运的，想来，此后应是借酒浇愁了吧。在大唐的某个酒家内坐着最伟大的诗人，他肯定想一醉方休，让痛苦暂时麻痹。或许像他那样的"酒仙"，就算喝的是清水，只要心中有一点儿醉意，也会融化在水中，慢慢发酵，再发作得让人忘记一切。

还是，一切就没有发生过……

其实，他的命运早已注定，就在二十岁出门时，应有两个声音在交谈着。

"管仲为什么可以辅佐君王？"

"因为，他有才华。"

"我也有才华，我也可以辅佐君王吗？"

"不能。"

"为什么？"

"因为，早已没有你梦中的天下。"

编辑心语：

本文能做到"我笔写我心"，以心灵的感悟会聚成溪，从笔尖涌出，在纸上肆意流淌。全凭一种近乎无端的直觉，意随笔到，天马行空般地写出对一个历史人物比较深刻的理解。不过，每个人会不断地改变和深入着对偶像的看法。当有一天，我们发现，偶像已悄然不见，就会明白原来我们心中所崇拜的地方尽是自己的影子。而当历史的尘土随风逝去，我们则会看清楚下面的一切。

寂寞的幸福

王 隽

在寂寞中总有种不完整的感觉，总有种彷徨的冲动，但在这个城市终日戴着面具的忙碌中，只有此刻才可以涤荡自己的心灵吧？

过年时家里添了一盆花，很美的那种，被放在很显眼的地方。我却没有勇气去多看一眼，我害怕自己看穿那虚伪的笑脸后深藏的无奈，我害怕自己看穿它的孤独。

有人说，寂寞是不同于孤独的，孤独的时候，我很想好好地放纵一下，却掉进深深的寂寞中，终于明白，我的字典里，寂寞和孤独无异。

很喜欢那首《那些花儿》，很喜欢那句"她们都老了吗？"虽然自己无力承受却又在一遍遍地幻想着花开花落历经的沧桑，于是爱上了那种静静等待生命的感觉，在等待中期待，在等待中幸福。

人是很奇怪的动物，在寂寞时总会滋生很多想法来聊慰饥渴的心，突然想到《萌芽》上的一篇文章，它讲了一种简单的幸福，一个男孩从酒店门前枯萎的花篮里找出一朵红色康乃馨，他把它当做玫瑰送给了一个女孩，女孩的脸上是很美的彩虹，胜过千万朵娇嫩的玫瑰。那种小小的幸福感动了我很久，也许全世界的玫瑰也换不回女孩脸上纯洁的笑，想到如今玫瑰被庸人当做随手的礼物，用它的圣洁换取虚伪的笑声，我心痛了，那种干巴巴的感情和那盆花有什么区别呢？虚伪地美丽着，固执地生硬着，在微笑和眼泪面前，它会凋谢得比花更早、更衰败。

在寂寞中总有种不完整的感觉，总有种彷徨的冲动，但在这个城市终日戴着面具的忙碌中，只有此刻才可以涤荡自己的心灵吧？

人，生命之轻，却承受之重，花因为没有七情六欲而拥有了上万年的生命，我们因为有了太多顾忌而被剥夺了那么多的光阴，我以为自己会选择花的生存方式，选择花的美丽，可转了一圈后发现自己错了，我根本无法拒绝那渗入生命中的幸福，哪怕最终会如花儿般枯萎凋谢，在幸福中失去生活是个悲剧，而没有眼泪的生命连悲剧都不是，因为它丧失了一切痛或不痛的选择自由，找不到悲伤哭泣的理由。

在人生的轨道上转啊转啊，找不到与寂寞的一个平衡点，只是在或近或过错中体会着不一样的心境。忽然忆起坐过山车时最大的那个圈，生活也不过如此吧，在飞翔中束缚着自由，在刺激中玩味着最真。只是人生没有那么多的圈，只一阵的天翻地覆又回到了起点。

生活，我无权选择。

也许我还是可以选择不同于花的那条路，在很险的路上痛并快乐着，美景，尽收眼底。

编辑心语：

一个人寂寞的时候最容易陷入沉思，而联想到最多的就是人生的意义。本文联想丰富，过渡自然。作者文字娴熟，对生活的感悟也很深刻。

古

吕芳芳

我们要尽可能地去发现古之美，古之韵，吸取古人的精髓，来充实自己。

我喜欢复古的东西，比如古代的服饰、头型、发饰、首饰，喜欢终归喜欢，但又不可能实践于行动，只能望洋兴叹，这样人们就会以怪异的目光瞅着你，认为你不是傻子，就是神经病。古代的女子总是给人以温柔委婉的感觉，男子大多是潇洒飘逸的。我讨厌经常爆发的战争，那会给老百姓带来多大的灾难，我曾在一本书上看到"在兵荒马乱的战争，如果有人家死了孩子，那么这些人家就把死去的孩子交换过来吃"。"食人肉"这是在野蛮的民族才会发生的悲剧，这就足见战争给老百姓带来的灾难有多大。但是，不知怎么回事，我又时常幻想着自己若生在古代，一定会发动起义，推翻君王的统治，做一个世界的霸主，我要以自己的方式来管理国家，我一定会做一个贤明的君主，让我的子民都臣服于我，我到底是好战还是不好战呢？

有的人认为古人很笨，只会摇头晃脑地背什么《三字经》、《论语》、《中庸》、《大学》等，但我却认为古人很聪明，世界四大发明不就是古人发明的吗？"以德治国"不就是古人提出来的吗？

我最佩服古人的书法和古诗词，古人的书法有的飘逸飞扬，有的豪迈苍劲，有的娟秀端立，但字里行间都透露着自己的个性。我最喜欢的一首古诗是张若虚的《春江花月夜》，他以简短的文字就给我们展现了春江月夜浩瀚深邃、宁静多彩的巨幅画卷。"江流宛转绕芳甸，月照花林皆似霰"，很美、很美。这首诗还抒发了一种淡淡的人生哀怨和对宇宙奥妙的沉思联想以及男女相思之情。作者以简短的文字，写出了这么多的内容，这样的言简意赅难道不值得我们学习吗？

我们要尽可能地去发现古之美，古之韵，吸取古人的精髓，来充实自己。

编辑心语：

文章论古，论的是天下、治国以及古代的文化精髓，文章在最后点明了古为今用这一道理。作者旁征博引，言语洒脱，使得文章的主题得到了升华。

冰与火

徐　肖

冰与火的力量是庞大的，但它可以震慑到人类，却不能征服人类，因为人间有了爱——冰融化了，火凝固了！

冰与火是自然为我们创造的最有个性的事物之一。

小时候我就一直在想，要是用冰去扑火，会是火灭了，还是冰化了呢？它们的力量确实相当，难较上下。

相比较而言，我还是更喜欢冰的，因为许多原因。冰可以形成壮丽的冰川，构成南北极独特的风光；冰可以为我们所构造，形成各式各样的冰雕。我们欣赏冰，因为它晶莹剔透，折射出纯净的光。而火就不同了，我们无法从艺术的角度去构造它，去欣赏它，它狂妄地吞噬着一切，凶恶、可怕，被火包围，生命转瞬即逝，于是我们下意识地远离它。

事物总是一分为二的。曾有位诗人，将冰与火都看作十恶不赦的罪犯。他将火比作疯狂的欲望，将冰比做冷若冰窟的仇恨。怒火点燃人世间的敌意冲突；欲望之火使人在贪欲的驱使下丧失理性，自相摧残而走向灭亡。冰把人类推向冷漠与仇视的深渊，剥夺了人们赖以生存的重要根基——温情与友爱。更可悲的是，这样的火，这样的冰都源自人类本身，而非大自然的创举。

一物降一物，冰与火的可怕并不代表它们的主宰地位，因为人类主宰了一件更坚实可靠的武器，它无坚不摧，它可以融化冰，可以浇灭火，这就是——爱。有一句歌词唱得十分形象：爱是冰的沸点，火的冰点。人类有了丰富的情感细胞，才能将冷若冰霜的人变得可亲可近，让欲火中烧的人冷静思考。

冰与火的力量是庞大的，但它可以震慑到人类，却不能征服人类，因为人间有了爱——冰融化了，火凝固了！

编辑心语：
作者的观点独特鲜明，爱的主题经过前后比较显得十分突出。

喜悦与希望

徐　建

　　我们的生活何尝不是一只瓶子，谁都不清楚里面是鲜花，还是荆棘，或许什么都不是。可这些对你重要吗？你是否觉得那瓶中的未知在注视着你，你的生活，你的一切？不要只因为这些而蒙蔽了你的双眼，蒙蔽了你探求喜悦的心。

　　朋友问我，在这生活中，喜悦真的那么难寻吗？我不知道，不知道该如何回答他。我很清楚，我帮不了他什么，自己的创伤是需要自己去弥补的，而我说给他的只是我个人的一些陈年往事罢了，对他丝毫没有益处。我所能引导他的只是要用心去体验生活——我明白我所能为他做的至多也不过如此了。

　　记得，我曾深深地陷入忧郁之中，没有喜悦。那时心灵就仿佛是孵出小鸡的蛋壳，空空荡荡，一个人常常莫名地询问起一些无聊的问题：人在世上为什么？仅是为了承受那份空虚？没有人给我答案，我便问自己，一遍又一遍。我的生活就像是在走着别人设计的路，而我则是一只玩偶，被人使唤，从不知道自己该干什么或是不干，没有主见。

　　这时我看见了一个天真的孩子，手握着一只瓶子，他拼命地想去打开它，可周围的人出于善意，纷纷劝阻他说，那是打不开的。孩子知道了，他无助地看着自己周围的那群人，再看了看手中的那只瓶子，他鼓起了勇气，继续试着去打开。周围的人都在笑他的幼稚，没有人认为他会打开它——孩子明白这些，可他仍然不后悔。当周围再没有人注视他，孩子脸上露出了微笑，依旧天真，仿佛这微笑是给周围的人的，他想告诉他们：是的，我打开了。

　　不要去看那瓶中会有些什么，不管那会是牛奶、果汁还是白水，甚至那只是空瓶……都无关紧要，在孩子眼中。他只是在乎他用自己或许是很笨拙的小手，打开了它，打开了别人曾对他说，孩子你不可能打开那个瓶子。他脸上的微笑就见证了这一切，仅仅是因为那个从不知道里面会是什么的东西。

我们的生活何尝不是一只瓶子，谁都不清楚里面是鲜花，还是荆棘，或许什么都不是。可这些对你重要吗？你是否觉得那瓶中的未知在注视着你，你的生活，你的一切？不要只因为这些而蒙蔽了你的双眼，蒙蔽了你探求喜悦的心。

不要迷惘，更不要迷失方向，去选择你的生活。你会觉得——其实生活处处都是喜悦，都是希望。还需要更多的言语吗？

编辑心语：

在希望的奋进当中，我们就会拥有微笑。文章夹叙夹议，作者观点旗帜鲜明。

人之三情

周 楠

人之三情，一个都不能少。

倘若你没钱没势没房，但有亲情，也就幸福了。亲情会给你带来快乐。帮一帮，没什么大不了。在我看来，它十分重要。一位病重的妈妈对儿子说，人有两种磨难，一种是肉体上的磨难，另一种是精神上的磨难，我现在是肉体上的磨难，你却承受着更大的精神磨难。孩子，放心去工作，有了好成绩就是对我的安慰。多难呀，谁也没想到她能说出这些话，当即儿子写出了作品，送给了妈妈，就是这么一家三口相互鼓励着，用亲情感动着对方，使人们还能察觉到亲人的温暖。

没有友情，你就像大海上一艘孤舟，艰难地前进着，没有欢乐，更没有努力之臂。了解就是宽恕，有了矛盾，应该主动提出。像很辣的方便面，倘若你加点儿番茄，辣味也随之没了。"不相信任何人和相信任何人，同样都是错误的。"我觉得对待朋友，信任是首要，怀疑是真挚友谊的腐蚀剂。不把心里的话说给朋友听，那会傻的。

我不知道爱情是什么样，它会是甜的、苦的、辣的、咸的？总之，它是好的。别人说，爱是生命的火焰，没有它，一切将变成黑暗，在我印象中，爱情是要把整个人化掉的，像糖碰了水一样。爸爸说，青年人对于爱情要提得起，放得下，那才是一个智者。真的吗？那我倒要试试，不过不是现在，而是将来。

人之三情，一个都不能少。

编辑心语：

文章采用分总的结构形式，分别述说了亲情、友情、爱情的重要。作者语言简洁明了，文章结构紧凑自然。

流浪狗

蔡 巽

在流浪狗的社会中最遵守"弱肉强食"这一自然法则了。你常常会在垃圾堆边看见几只流浪狗为了争抢一些所谓的"食物"而露牙张爪，"狗"视眈眈，有的也许拼得奄奄一息仍空着肚皮，有的则是血肉模糊才抢到一点儿腐肉烂菜。

我喜欢狗，但绝非是只会摇尾巴，要绒球的宠物，我喜欢流浪狗。

宠物像是一些没有膝盖的废物，它们只会挖空心思地讨好主人，很没有狗的骨气。它们生来就是没有气节，人们还要称其为名贵品种，而看家护院的狼狗、驱狼牧羊的牧羊犬却比不上那些吃白食的宠物，依我看狗的品种越高则就越没有"狗骨"。

依此而看，那流浪狗就最低贱了，正因为它们浑身上下都是"狗骨"，无法取悦高等生物——人，所以它们就必须通过自己的努力劳动继续活在这世上。

在流浪狗的社会中最遵守"弱肉强食"这一自然法则了。你常常会在垃圾堆边看见几只流浪狗为了争抢一些所谓的"食物"而露牙张爪，"狗"视眈眈，有的也许拼得奄奄一息仍空着肚皮，有的则是血肉模糊才抢到一点儿腐肉烂菜。而宠物狗则需舔舔主人就可吃到人吃的食物，甚至穿衣服、喝牛奶，不用经历残酷的自然，激烈地拼夺、血的代价就养得变成了"猪"都不如它肥的动物。

流浪狗还要担心被人捕杀，却美其名曰："保护市民安全，野狗带有狂犬病毒……"我听说被看门的狼狗咬伤的事，可至今还未有听闻流浪狗咬人事件……

所以从这方面也可以看出人最不喜欢的就是不服从自己、奉承自己的人了。没有人不是这样，除非他根本就不是人。

　　但现在又有多少人才能配得上"流浪狗"这个代表骨气和尊严的称号呢？也许在上一代有，但是在我们这一代中只存在"宠物狗"。

　　从父母对上司的奉迎拍马，我们渐渐学会了拍马；从师长的严厉教育，我们学会恐惧及接受的心理状态。

　　在当今社会上，品种最高贵的就是当官的，他们权小时待上司是一条哈巴狗，哈巴狗一旦受到人的宠爱又变成了"人"，又可以看着别的哈巴狗所上演的闹剧……

　　其实，我发现学文科很重要，文科大学生和理科大学生的词汇水平和脑袋瓜就是不一样，文科的学生能组织起冠冕堂皇的语言取悦上司，而理科的只能用成绩交给上司而且还干巴巴的，文科比理科吃香！

　　是不是我必须做"宠物狗"呢？

　　不是，但如果你仍想活到死就别去做"流浪狗"！

编辑心语：

　　作者对狗的心理透视得比较彻底，同时对当今社会的丑恶现象也是一个极好的讽刺。读后耐人寻味。

友 谊

张文杰

　　世上的友谊有千万种，有布衣之交、金兰之交、莫逆之交、如水之交、忘年之交，但无论哪一种，都有一个共同的特点，那就是它们都是金镶玉砌的、闪闪发光的，是心灵与心灵之间的美好桥梁。

　　世上人与人之间的关系，不外乎三种：仇恨、孤独和友谊。仇恨使心与心之间布满荆棘，孤独使心与心之间隔着沙漠，而友谊则使心与心之间架起了一座宽而长的桥梁，通行无阻。

　　在家靠父母，在外靠朋友，对于我们这些住宿生，朋友的作用也就更加重要了。但真正的友谊是建立在互助、互谅的基础上的。互助，是指朋友间的互相帮助；互谅，是指朋友间的相互谅解。友谊，因为有了朋友间的相互帮助，而显得更加宝贵；因为有了朋友的相互谅解，而使生活显得更加快乐美好。世上不存在不互助、不互谅的友谊。互助、互谅是构成友谊最基本的因素。朋友的双手会伸出去帮助自己的朋友；当朋友间发生摩擦时，友谊会促使你用发自内心歉意的微笑去融化冰霜。无产阶级导师马克思和恩格斯就是志同道合的好朋友，他们之间的友谊至今仍为世人称颂。不仅在生活上，更在事业上，互相帮助，互相激励，最终为人类的解放事业做出了不朽的贡献。

　　真正的友谊会产生真正的朋友，真正的朋友在学习上不但互相促进，而且还展开竞争。他们不会因为其中一位的进步而暗自妒忌，而是由衷地为他高兴。这种友谊才是世界上最崇高的友谊。

　　世上的友谊有千万种，有布衣之交、金兰之交、莫逆之交、如水之交、忘年之交，但无论哪一种，都有一个共同的特点，那就是它们都是金镶玉砌的、闪闪发光的，是心灵与心灵之间的美好桥梁。

编辑心语：

文章从一个少年的角度阐述了自己对友谊的理解。的确，朋友之间互助和互谅是非常重要的。

作者语言简洁，见解独特。

胡思乱想

张俊娣

既然躲不掉这个担在身上的角色，那么只有微笑着大步走出去，不能在这一刻还有挣扎。走出去，给自己看，给别人看。告诉曾经痛哭一夜的自己：站出来的，不是一个被忧伤压倒的灵魂。

早晨……醒过来，透过窗帘筛进一屋子阳光。懒洋洋地睡到这么晚，自以为这就是一种幸福。

仰着脸，就是不肯起来，这一切竟是那么熟悉，感到一种莫名的感觉。家，我回家了，我盯着天花板，在脑子里一件一件地回忆这儿的陈设，就算我扔在地板上的一张糖纸我都能记得它曾经在哪儿。这星期放两天假，我兴奋地告诉妈妈我要回来，想把在学校里的一切烦恼从心底抹掉。我不明白为什么我付出的劳动和收获不成正比，那些大大小小的考试搅得我头昏脑涨，我好像就是为考试而活的。我有点怀疑当初是否作了错误的选择，因为到盐中读书失去了自信和快乐。不过很快我又打消了这个念头，人总是要往上爬的，暂时性的困难根本算不了什么。我就是希望自己不要被分数所束缚，活得自由自在，无忧无虑。佛家有这么一句话：四大皆空。我真想达到那种境界。

回想上一学期，就这么浑浑噩噩地过来了，我无法调整我的心态，是不是应该很坦然地面对眼前这一切，这些问题成天在我脑子里转悠，我的头都快裂了。

我闭起眼睛，不想了，迷迷糊糊地好像又睡了一会儿，睁开眼睛，家里依然很安静，爸爸妈妈可能都出去了。我一眼看见了柜子上的金鱼，心想，鱼的命运是怎样的？它们会在罐头厂里被做成罐头，然后放在超市的架子上被人买走，接着被人吃掉，最后只剩下骨头。那么人的命运是怎样的？他们会在学校里被做成罐头，然后在社会的自选架上被单位买走，接着被世俗吃掉，最后连骨头都没了——在一次次的挫折中棱角已经被磨平了，不管怎样，我们现在正是在罐头里。曾经看到过一个很有趣的推论：狼吃羊是为了生存，人吃羊是为了美味，所以人比狼残忍。我想按照这种推理说起来人比鱼更惨，应该是的。

　　三毛说过："既然躲不掉这个担在身上的角色，那么只有微笑着大步走出去，不能在这一刻还有挣扎。走出去，给自己看，给别人看。告诉曾经痛哭一夜的自己：站出来的，不是一个被忧伤压倒的灵魂。"我哽咽了……

编辑心语：

　　不管世界多么复杂，我们都要以一颗平和积极的心态去面对。作者联想丰富，语言形象生动，说理精确透彻。

个 性

朱冬玖

这个世界瞬息万变。男同胞们留起了长发，女同胞们也染红头发赶时髦；冬天里会有人穿裙子，夏日里也有人穿皮夹克。或者，顶着油光可鉴的富士山，穿着灯笼似的"摇滚裤"，踏着乌黑发亮的高跟鞋，再戴上一副黑色太阳镜，大摇大摆走在大街上，仿佛在对周围的人说："看，我多有个性！"

不知从何时起，社会上不那么欣赏"沉默是金"，也不那么注重"大众化"了，取而代之的是"个性"这个词语的风靡。善于接受新鲜事物的我们也不甘落伍。

今天上午，偶尔碰上初中时的旧友。"叙完旧"以后，他竟故弄玄虚要我找找他的穿着有何与众不同。我打量一番，原来他穿了件新牛仔裤，质量挺不错，准是个名牌（我英语学得太差，标签上面的几行字母单个看还行，连起来就不能理解了，但从那别致的裤筒形状看得出，无疑是个"好家伙"）。"你小子富有哇，穿起进口货来了，值很多钞票呀！"说真的，我不太喜欢那种样式的牛仔裤，走起路来左一晃右一晃，一不小心准会栽个大跟头。念在多年同窗的分上，我还是违心地夸了他几句。毕竟我们曾是一块儿打球的铁哥们儿，满足他一点儿"求夸欲"吧，我在心里劝说自己。"就没别的了？"他追问。难道他手腕上的手表上嵌有钻石？不大可能吧。我睁大眼睛仔细看了看。这时我指了指膝盖处，天啊！裤子竟然开了窗！"某某，哪儿买的？我陪你理论去，一定要换件好的，现在的服装店呀就是黑……""嗨！你怎么这么迂呢？这可是我昨晚花了一个多钟头才剪好的呀！""好好的裤子干吗……""说你迂你不信，这叫个性！我敢保证，现在这个城市里只此一件，别无同胞，我这件带有艺术之洞的牛仔裤现在是全世界绝无仅有的一件了。你看……"接着他向我炫耀那个破洞如何如何之好。临走时还不忘一句客套话："拜拜，下次再见吧，有什么困难尽管找我，某某中学高一(3)班第1周期第一主族！"我诧异了，竟有人把新衣服剪个洞来显示与众不同，难道这才叫"有个性"！这可不是米洛劳动保护的维纳斯呀！我的朋友，你的金属性太强了吧！

这个世界瞬息万变。男同胞们留起了长发，女同胞们也染红头发赶时髦；冬天里会有人穿裙子，夏日里也有人穿皮夹克。或者，顶着油光可鉴的富士山，穿着灯笼似的"摇滚裤"，踏着乌黑发亮的高跟鞋，再戴上一副黑色太阳镜，大摇大摆走在大街上，仿佛在对周围的人说："看，我多有个性！"

聪明的朋友，别因有个性失去了真我。

编辑心语：

什么是真正的个性？雌雄不分，中外不分就是个性？作者用讽刺的手法从身边的例子深入地剖析了这样一个社会现象，值得反思。

第二章

人生如茶，一世淡雅

人生如茶，或浓烈或淡雅，都要去细细的品味；人生在世，总想争个高低之分，成败得失，殊不知高与低，成与败，都是人生的滋味，功名利禄来来往往，炎凉荣辱浮浮沉沉，一份淡泊，一份宁静，深入细致的品茶，就像品味漫漫人生一样，酸甜苦辣。

竹子与树

缪寅明

这些困难就如同一场场的暴风雨,我们必须承受,我们可以像古木一样,毅然面对所有困难,但是这需要有很强的解决问题的能力以及顽强的毅力。我们也可以选择像竹子那样,面对困难从容化解。

记得我还小时,在电视上曾经看到过这样一个情节:描绘郁郁葱葱的参天古木,其树干恐怕要两个人手拉着手才能围住。在古木的一旁,是一丛竹子。与古树相比,这丛竹子可以说是十分瘦弱。

黑压压的云渐渐笼罩住了古庙。接着,风也越来越大了。竹子已经开始微微地摇动,而树干丝毫不见抖动。伴随着轰隆隆的雷声和刺眼的闪电,天空中向下倾倒着雨水。这时的竹子激烈地晃动着,那棵古树仍然屹立着,只有树叶和枝干在风中摇摆,风的声音更加狂怒了,似乎要摧毁一切,最终,风雨都停止了它们的破坏。然而那丛似乎弱不禁风的竹子并没有被折断或刮走,倒下的是那茎干粗壮的古树。

那棵古树被风刮倒的景象给我留下了很深的印象,使我如今依旧记忆如新,难道说一棵两人合抱的大树,其承受能力还不如一丛细瘦的竹子吗?显然,树干应该可以承受的力比竹子能承受的要大得多。那么,为什么倒下的不是竹子而是古树呢?我想,这是因为竹子有着比古木强得多的韧性。当狂风袭来时,古木几乎完全承受了风所施加的力。而竹子就不同了,它们弯曲茎干,从而可以化解一部分力,再由弯变直。竹子的摇晃不定看似不稳,实际上恰恰使竹子能在疾风骤雨中挺得更久。

当然,竹子能够比古木在风雨中抵抗更久,还有其他原因。比如,树干粗壮,所受到的风力就比竹子受到的大。不过,最重要的还是因为竹子能合理地化解受到的外力。如果竹子也是直立在风雨中,恐怕很快就会被折断。在我们的生活中，不可避免地会遇到这样或那样的困难。这些困难就如同一场场的暴风雨，我们必须承受，我们可以像古木一样，毅然面对所有困难，但是这需要有很强的解决问题的能力以及顽强的毅力。我们也可以选择像竹子那样，面对困难从容化解。即使如此，我们仍然需要解决问题的能力。竹子能承受暴风雨，也需要自身的坚强，否则就会像芦苇一样被折断。

在生活中，我们需要多一些的豁达与开朗。从容地面对生活，我们会活得更舒心，更加的有滋有味。

编辑心语：

竹子与古树应对困难的不同方法，实际上体现了一个方与圆的思想；方，是骨气，这固然重要；圆，是智慧，也必不可少。文章寓意丰富，论点精确到位。

快乐的麻雀

邱志翔

那些麻雀快乐，是因为它们有伙伴的陪伴，有相互之间的交流，可以互相沟通，从而不会感到失落。而那只黑猫，不善于同同类交流，不能有伙伴的陪伴，只能孤零零地在墙头上游荡。

傍晚时分，太阳即将落下，我正坐在窗前看书。

突然，一个黑影在我窗外的墙头上闪现，我定睛一看，原来是它——一只浑身乌黑的大猫。

大黑猫在昏暗的光线下，在墙头上爬了下来，注视着我，那眼神让我十分清楚地感到它的孤单与寂寞，似乎在这个世界，它已没有同伴了。

"喵——"随着这只黑猫一声深沉的低鸣，它打了一个哈欠，伸直前腿，伸了一个懒腰，便掉过头，一步一步地沿着墙头走开了，只留下一个暗黑的背景，如同一个黑色的幽灵一般。

我放下书，来到院子里，想再望望那只孤单、失落的黑猫，可它的背影也已消失。

这时，天空中响起了一片唧唧喳喳的声音，我抬头寻声望去，原来是一群麻雀落在电线上吵闹。

一只麻雀在地上捉到了一只昆虫，唧喳地叫着，似乎是让它的伙伴来分享美味。

有两只小麻雀正在电线上追逐、玩耍。其中一只想啄另外一只，可那只在这根电线上跑一会儿，又跳到另一根上去躲，想啄的那只紧追不舍，可就是啄不到。这还不够，它们将追逐进行到了空中，比起了飞行技巧，时而盘旋，时而俯冲，时而升高，时而……

一群多么可爱而快乐的麻雀呀！

夜幕降临了，麻雀又吵着闹着向巢飞去了。

我站在院子中，独自一人，似乎感到有点孤独。

那些麻雀快乐，是因为它们有伙伴的陪伴，有相互之间的交流，可以互相沟通，从而不会感到失落。而那只黑猫，不善于和同类交流，不能有伙伴的陪伴，只能孤零零地在墙头上游荡。

一个人，必须敞开胸襟，用心去和其他人交流，只有这样，才能结交更多的朋友，才能将自己融于整个温暖的社会大家庭之中，才能享受快乐。如果失去了交流的勇气，就会自我封闭。

编辑心语：

群体通常比个体更有力量，因为群体中的个体除了自己的力量之外，还可以借助别人的力量。作者通过麻雀和黑猫的故事向人们阐述了这一道理。文章故事性强，语言生动活泼。

枯叶的希望

李小飞

新生的嫩叶需要营养，而一棵大树，树上那么多的叶子，仅凭树根提供的养料，根本不足以使所有的叶子像我开始见到的那样充满蓬勃的生机，散发耀眼的绿色。于是，那些曾经辉煌过的叶子，便拒绝树根送上来的养料，它们是为了那些新生的叶子更好地生长，且为此，它们不惜"牺牲"自己。

在幽静的黄昏下散步，能从中体验到浪漫，而漫步在烈日之下的时候往往能从中感受到一丝惊异。

我踏在校园的水泥路面上，悠闲地打量着四周，渴望能从中找到一份激情。陡然，我的双眼被一片绿色的光炫了一下，等我回过神来，我立即明白了，那是一片阳光下的绿叶。

我信步走向那片绿叶，太阳依旧照着，在密匝匝的绿叶上洒下一片银光，随着叶子的高低起伏，那片银光也汩汩地向前流动。每当流到高处时，便折射出一道刺眼的光，直往我的眼睛里钻。有时，吹过一阵微风，树叶左右晃动，那银光就"刷"地流到地面上，形成一块块光斑，但不久又消失了。

当我走到绿荫之下时，我的视觉又为之一颤，满目的绿中突然又多了一点枯黄。绿叶又开始摆动，地上又落下光斑，风起了，一片枯黄的叶子悄悄地落在了我的肩上，随即掉落地面。我立在那儿，我的脑中充满了疑问：到底绿叶为什么要变成枯叶，是它们也如同我们一样，渴望成熟吗？

良久，我终于明了。新生的嫩叶需要营养，而一棵大树，树上那么多的叶子，仅凭树根提供的养料，根本不足以使所有的叶子像我开始见到的那样充满蓬勃的生机，散发耀眼的绿色。于是，那些曾经辉煌过的叶子，便拒绝树根送上来的养料，它们是为了那些新生的叶子更好地生长，且为此，它们不惜"牺牲"自己。

又落下一片枯叶，像是清楚了枯叶的希望，绿叶生得很旺盛。盐中，这个本来就很美的学校又成了绿荫青睐的地方……

就要上课了，我转身走在绿荫下，一个奇怪的想法跃入我的脑海中，我觉得我们这些求学的学生就如同这片片绿叶，生气勃勃，想要展现自己，而我们的父母正像那躲在后面的枯叶，是他们造就了我们，他们为了我们拿出了自己的全部，也正像枯叶对绿叶有了期望一样，父母也希望我们能有出息，能撒下绿荫为他人服务，绿叶完成了枯叶的希望。我们也要实现我们父母的期望……

走进教室，只见同学们都在准备上课了，窗外的叶子依旧油绿，我们也在为了实现我们的"使命"而努力。

编辑心语：

落红不是无情物，化作春泥更护花，文章突出了一个奉献的主题。作者语言浪漫清新，读后给人一种美的享受。

微笑人生

田泾

我们的人生也正如这不知名的小花，人生是实实在在的，有欢乐，有幸福，当然也有烦恼与忧伤，但是一个勇敢的人应该处欢乐和幸福而不欣喜若狂，临烦恼忧伤和痛苦而不消极悲观，一定是始终微笑着的。

风呼呼地吹着，时强时弱，时急时缓；雨淅淅沥沥地下着，时大时小，时骤时慢。朦胧中，透过窗往外看，山上那些不知名的小花跃入我的视野，它们摇颤着，经受着风吹雨打。

这不由得使我想起了自己。在今年中考中，我以十几分之差而没有被重点高中录取，我哭了，哭了好几天。我平时的成绩是不错的，但这次却完全出乎我的意料之外。我对着墙壁问自己，命运为何这般捉弄我，是啊！命运不公，这难道是天意吗？……现在回想起来，不由得又苦笑起来，自己难道还不如那些雨中不知名的小花吗？

我想：不知名的小花，之所以能够经受得住风吹雨打而昂然开放，是因为它有一颗乐观的心，有一根支撑自己的坚强的脊梁，它的根虽小，却牢牢地扎在泥土之内；它的叶虽薄，却尽力伸展于风雨之中，它在风雨中顽强地挣扎着，并且坚韧地经受风风雨雨的磨炼和洗礼，是因为它相信：风再狂，也有停的时候；雨再大，也有止的时候。当风雨过去，阳光冲破云层的时候，它的绿叶会更加翠绿，它的花朵会更加鲜艳。它们从绿叶中昂首绽放，给人一种心旷神怡的感觉。

我们的人生也正如这不知名的小花，人生是实实在在的，有欢乐，有幸福，当然也有烦恼与忧伤，但是一个勇敢的人应该处欢乐和幸福而不欣喜若狂，临烦恼忧伤和痛苦而不消极悲观，一定是始终微笑着的。

微笑，犹如一缕细细幽幽的芳香，似一道清清淡淡的风景，又好像黑暗中的一点光亮。

微笑是一种深沉，可以让每一个人都清醒；微笑是一种风度，可以让每一个人自信地走自己的路；微笑又是一种力量，使每一个人坚定地迈向成功；微笑可以醉熟一片天空，也可以酿甜一个世界。因为微笑，我们的今天和明天才会变得如此灿烂，如此辉煌。

与大自然依存而在的不知名的小花，当我们回顾人类艰难而坎坷的历程时，或许也应该效法你这种与大自然顽强抗争的可贵精神！

编辑心语：

作者通过一棵不知名的小花阐述了宠辱不惊、乐观向上的这一人生哲理。文章结构紧凑，前后呼应，语言清新明快。

关于棋道

范乐容

如此说来，这下棋还不仅仅只是摆弄几个棋子的游戏。倘若有人要体验人生，我看最节约时间的方法，就是下棋了。下得多了，说不定聪明的你，也能悟出些道道来。

下象棋成了许多人的嗜好，学习工作之余，拿出象棋摆开阵势，楚河汉界两边几个回合。谈笑间，身心豁然开朗，一身疲惫就全在这几个棋子之间灰飞烟灭了。

现代人的娱乐方式多了，城里的灯红酒绿、"卡拉OK"之类且不用提了，就连乡村里的麻将扑克也都在变着新招，玩着新花样，而且不带点儿赌注还找不着伴儿。尽管如此，象棋仍以它老当益壮的姿态占据着娱乐圈中的重要一席，深受人们的喜爱。从乡村的农家小院到城里的街头巷尾，几乎所有适合下棋的地方都能看到棋迷的踪影，可见这象棋的魅力了。

要说这象棋可真是个了不起的发明，就那么几个棋子，规则也不怎么复杂，看似简单，却又深不可测。中国人从古至今就没下够过。登山运动员上了珠穆朗玛峰就算是到顶了，可以当之无愧地宣称"没有人能超过我"！但一个真正懂得棋道的人，纵然棋艺多么高超，战胜过多少对手，也不会高呼自己是天下第一。谈到这儿，又记起曾经读过的一段关于棋道的文字，其大意讲的是下棋是越下越精，越精越下，越精越难下。看来下棋是越下越难下，大约也只有真正知道这些的人才能理解"强中自有强中手"的真正内涵了。也无怪乎许多只晓得"马飞日，象飞田"之辈，偶尔赢过两回，便称自己棋艺如何如何，待到稍遇对手，数招之内就被"解决"掉了。如此说来，这象棋的魅力还不仅仅只是棋技的较量了。

许多人都将下象棋比作是下一场没有硝烟的战斗。这一说法简直是妙极了，我想第一个这样说的人肯定是个天才。不必说下棋时双方斗智斗勇，在棋盘上摆兵布阵、明争暗斗是如何令人惊心动魄。就先看那开场的势头，棋子摆好了，这"战斗"也就开始了，气氛陡然紧张起来，下棋的和看棋的都随棋局的变化而上下浮动。转眼间，双方已下了几个回合，速度渐渐慢了起来，场面竟静得要命，都在屏住呼吸，心里默默分析着整个棋局，思索着下一步的棋路。下到得意时，有的也会情不自禁地哼上几句，手中玩弄着从对方那边"吃"过来的棋子，嘴角边流出一丝不易察觉的得意。再看另一位，尽管鼻尖上已沁出一层细细的汗珠，但手下却不敢有丝毫马虎，每下一步，须得深思熟虑，瞻前顾后才行。此时，双方都全身心地投入到这场"厮杀"之中，心无半点杂念。一局下来，无论输赢都长长地叹口气，脸上显出兴奋的表情。是的，只要我们全心地付出努力，输赢又何必太过于计较，无论做什么事不全身心地投入其中，又怎能体会到它的乐趣呢？我们所在乎的只是奋斗的过程，至于结果，又算得了什么？人生的价值体现在付出的全过程，而不仅仅是成绩。歌曲中不也有"莫以成败论英雄"的吗？棋道中应如此，只要你用心去体会。

所谓"兵不厌诈"，这话不假，棋道如战场，棋局在不断变化，双方"兵马"都在奕人的"统率"下，调兵遣将、摆兵布阵。这狭小的棋盘上几乎处处是陷阱，遍地有伏兵。这着声东击西，下步又是瞒天过海，看似"明修栈道"，实则是"暗度陈仓"……古代兵书中的三十六计全然使得，"一着不慎，全盘皆输"。

其实，"一着不慎，全盘皆输"的教训不仅只在棋道上有过。正所谓棋道如人道，许多人不是有过惨痛的事实吗？某某人因一念之差而走上犯罪的道路，耽误了大好前程，后悔不及；某某人因疏忽大意而使自己多年的奋斗毁于一旦，棋道竟与我们的生活有着如此惊人的相似。莫不是人生大舞台就是那风云变幻的大棋盘，而我们则是这其中一枚小小的棋子，用一生的赌注与自己和别人下一局长久的棋。人生路遥，岂有一帆风顺之理，劝君莫叹"山重水复疑无路"，风雨过后自有"柳暗花明又一村"。

如此说来，这下棋还不仅仅只是摆弄几个棋子的游戏。倘若有人要体验人生，我看最节约时间的方法，就是下棋了。下得多了，说不定聪明的你，也能悟出些道道来。

不信？试试看，权且先将它当做一种茶前饭后的消遣。相信终有一天会悟出点儿什么的。

编辑心语：

文章详略得当，语言细致生动，既言棋，更是言人生。

鸟　笼

柴　喆

笼子告诫鸟儿以后要好好照顾自己，等会儿小心，不要弄伤自己后，便纵身跳下了窗台。鸟儿含着泪站在遍体鳞伤的笼子前，喃喃地说："谢谢，我会永远记得你的。"

有一个地方，依山傍水。清清的小河边有一棵繁茂的大树，旁边一幢古老的房子在春雨的衬托下更显示了它深幽、不可测的一面。

房子二楼的窗户刚好对着大树。雨过天晴，许多漂亮的小鸟在枝丫上跳来跳去，"唧唧喳喳"地叫着，其中有一只金色羽毛的小鸟最漂亮。窗户内，谁也没有注意到窗户旁边的那只落满了灰尘的鸟笼。此时，它一边目不转睛地盯着那只金色羽毛的小鸟，一边想：如果那只小鸟能飞到我的怀中，那该多好啊！我一定让它拥有快乐！但它知道，这不过是想象，那漂亮的小鸟是不会注意到这丑陋的鸟笼的！

第二天，天刚亮，笼子就被一阵杂乱的鸟叫声惊醒。过了一会儿，主人竟将一只金色的小鸟放进了笼子，并将笼子上的灰尘打扫干净后，重新挂在了窗前。笼子激动不已，来回摆动着身子，原来这只鸟儿正是它朝思暮想的那只。然而这只可爱的鸟儿却不这么想，它惊恐地在笼内乱撞，不时发出绝望的叫喊。小鸟憔悴了，给水，不喝！喂肉，不吃！油亮的羽毛失去了光泽。

笼子喜欢鸟儿，却明白了鸟儿不属于它；它喜欢鸟儿，却不愿看到鸟儿整天闷闷不乐；它想听鸟儿笛儿般的鸣叫，却不愿看到那绝望的眼神；它想看到鸟儿金色油亮的羽毛，却不愿看到那一天天消瘦的身影。于是，笼子决定放鸟儿走，但可恶的主人已将笼门反锁，想要放鸟儿走，只有一个办法——那就是牺牲自己。

笼子告诫鸟儿以后要好好照顾自己，等会儿小心，不要弄伤自己后，便纵身跳下了窗台。鸟儿含着泪站在遍体鳞伤的笼子前，喃喃地说："谢谢，我会永远记得你的。"转身，飞走了。

房子的主人回来时，只看见一只破碎的笼子，而那只小鸟儿已从笼子里飞走，他永远不会明白笼子为什么会从窗户上掉下，他永远不会知道笼子和鸟的故事，是的，不会。

编辑心语：

作者将笼子和鸟儿拟人化，使它们充满了人性的光辉，表达出了作者对自由与光明的追求和热爱。

圣诞雪

孙惠圆

今天是圣诞节前的最后一天了，傍晚时，天空忽然飘起了雪。真的是雪，我兴奋地从食堂奔出来，迎接我收到的最后一份节日礼物。

圣诞节到了。

似乎自己已落入俗套并同文豪们笔下所批判的崇洋媚外的一类颓废青年共伍了。说不清楚，可真的喜欢"圣诞节"。这个名词听起来就脱俗，尽管土生土长的元旦也即将来临。

圣诞节，小巧玲珑的圣诞树，圈圈纹纹的长袜袜，骑雪橇的白胡子圣诞老人，和那骗了一代代孩童幻想的谎言，更美丽的是雪，晶莹剔透。这似乎就是一幅命名为"圣诞节"的画，常存在我的意识里。

今天是圣诞节前的最后一天了，傍晚时，天空忽然飘起了雪。真的是雪，我兴奋地从食堂奔出来，迎接我收到的最后一份节日礼物。雪，一片片落，一片不挨一片，按自己的轨迹下落，少了春雨的缠绵，冬雪竟然让我想起剪掉长发，剪掉烦恼蓄起短发的姑娘，很干净的气质不由自主地外溢。它们飘舞着，孤傲的精灵，却又摇摆不定，什么还在摆动内心那根紧弦呢？

小时，听过一个故事，天上，很冷的天上，有一个老婆婆，她不停地从空中撒下棉絮到人间，一有空就撒。那是她的工作。我就老在想，老婆婆是不是看到地上的穷人快冻死了，送点儿棉被给他们呢？

这个小城已经两年多没下雪了。出奇的寒冷让人冻得僵硬。有雪就不同了。尘世的喧嚣被它覆盖了，由于寒冷而不停咒骂的心灵也被它吸引而变得诗意、温婉多情起来。

走进教室，大家都趴着窗户向外看。我走出去，趴在阳台上。人一下子变得安静了。我静静地注视它的降落，停歇，毁灭。如果雪花是有生命的，那它的生命也就不过三秒钟而已。它还是落下来了，干脆地。它脸向下，正对着它的终结——融化！

雪持续的时间不长，一会儿就停息了。地上并没有太多雪迹。我突然有股想哭的冲动，我转过身来，径直走进教室去，却不想发现了它的印迹。窗台上，一颗雪瓣正在融化，下落。一条淡淡的小痕，驻留在玻璃上。尽管我知道，这小痕也会转瞬即逝，它的结果只能是虚无，但它到死也要留下一条痕迹。它努力了，它尽力了。

茫茫宇宙，无尽苍穹，你我也不过一两瓣雪花而已。

想想，你的印迹呢？

我的呢？

——不做流星。

平坦的玻璃面上，一瓣雪花挣扎过！

编辑心语：

文章标题富有诗意，作者借景抒情，表达了自己不甘平庸的志趣。

生活几何

陈筱忱

生活一变一变的，让人无法描摹，也许这才是生活的几何灵魂之所在。

我以为天空一直是蓝色的，很纯很透明很卡通，如此的空灵与灵动，就像生活。

我以为人都是很简单的，固定地由各种物体而组成的肉体，只是思想超出了我的理解。并不想把话说得那么负面，但是我很害怕，明明看见他们冲着谁亲切地微笑，却不知道为什么他们在背后使出所有的手段，去击垮他们所想要击垮的人。我不知道是否还应该像从前那样简简单单、嘻嘻哈哈地对人，还是把自己保护好包装起来，被他们戏称为"冷美人"？我知道如果用辩证唯物主义去分析世事总是有美好的一面，所以我一直都充满希望地安慰自己。

我以为人是很坚强的生物，面对魔界的邪物，不被污染地转身。可是当我猛然得知儿时的一个玩伴因白血病夭折时，我才知道上天再大的玩笑也舍得开。于是我怀疑，怀疑一切生命能维持多久。于是在我的怀疑之中一位密友却突然告诉我他要走了，因为他无法战胜先天性心脏病。从未亲身经历过生离死别的我呆了，难道呼吸真的这么脆弱？难道他也要从我的世界消失？我又开始惊恐于未来，真的，我想挽留一切。为什么有的人死皮赖脸、作恶多端却苟活于人世，而清澈的他们却无法享受生命的温存？

我以为很值得怀念的是朋友。描述朋友的文章诗词太多太多，而我笨拙的手笔只能笨拙地记录发生，却无法塑造另一种新概念。只是那年春天就要过去夏天还未到来的时候，我们一起在郊外的夕阳下小路上骑单车，然后一起倒在菜花地里唱歌喝饮料欢笑。很美很美的一幅图画，一种年少的冲动与漫想，被大自然渲染成一种美丽。也许只有经历过才会发现可心，享受过才会懂得对朋友的珍惜。

我以为倒霉只是一种游戏，走正步太顺心了也会感觉累，偶尔玩一玩游戏宣泄一点泪水却也动人。生活磕磕碰碰麻麻烦烦是在锻炼你遇事时的敏感度，没人会很轻易随便地说"我宣布放弃"，调节一点心情才会让你尝试雨过天晴后的甜蜜。

我以为学习只是生活的加餐，那种可口的无忧无虑的节拍。只是它开始越来越烦，越来越让人沉重无法逃避，我只好想我必须努力乐观地去用力咀嚼。当它已经无可厚非地成了我的牵挂，我只好笑笑说大家一路顺风。顶礼，合掌，膜拜，告诉释迦牟尼我要将学习进行到底。

我以为阳光一拐一拐地，天空就有了弧线；我以为收到的信越多，就说明大家越想我；我以为荔枝红的傍晚天空垂下来，空气就变得如松子糖一样古老的甜蜜；我以为爱在西元前的不光有Jay，还有我……

生活一变一变的，让人无法描摹，也许这才是生活的几何灵魂之所在。

编辑心语：

文章以虚拟和想象的手法来揭示生活的真谛，语言流畅，思想深沉。

古琴韵色

奚　研

　　古琴的音韵是需要用心去体会的，是必须用耐心去琢磨的，是要用一种无尽的想象去补上那断续的弦音的。

　　而今的人们钟爱于都市的节奏，习惯在转瞬即逝的时间中忙碌着自己的身影，习惯在车水马龙的街头来也匆匆去也匆匆。

　　然而，就有这么一天，我脑子中突然有了一种冲动，记起了古筝这种古老的乐器，便毫不犹豫地满大街横冲直撞。七八个店面跑下来，没有，没有，答案都是没有。在这条号称音乐街的巷子里，我漫无目的地游着，家家店里都充满着活力，唱片声嘶竭力地转出最炫的音乐。可我却如扁了的气球，奄拉在喧闹的集市中。那时，若是下得一场大雨，浇浇我热得发晕的头脑，或许我会回到现实中来，然而没有雨，太阳骄得像一团火，努力地榨出我身上的水分。

　　我的脚步乱了方寸，只要看见巷子便拐弯，也不知走到哪里去了。忽然，不远处传来一种奇特的声音。低低的，仿佛被人扯着，时有时无，像一块石头落入水的深处。巧了，这便与我埋在心底的旋律重叠在一起，一唱一和地绕了起来。这是我心灵的旋律，"踏破铁鞋无觅处，得来全不费工夫"，这句话使我认准了这种缘，我与古琴若即若离的一丝缘。这琴的音韵是那般的和谐——嗯，是弦在沉吟。我闭上眼，醉在其中，身心的疲惫都被无形的一双手给提起了，抛开了。我立在那里，静静地等着些许音符钻进我的耳窝。悄悄地，我不敢发出任何声响，唯恐亵渎了这美妙的节奏。古琴的音韵是需要用心去体会的，是必须用耐心去琢磨的，是要用一种无尽的想象去补上那断续的弦音的。

　　是了，这就是了，这便是我钟爱的《广陵散》，是我朝思暮想的旋律。我挪动着脚步，贴近了一所小宅子。推开古色古香的木头门，随着"嘎吱"一声，把我带进了另一个世界。一块十来平方米的方形院子，上头缠着遮日的葡萄叶子和瓜藤。几串特大的葡萄垂在叶子底下，紫得亮亮的，有些闪眼。院里有一位姑娘，穿着一袭绿长裙，头发用一束白手绢小心地扣着，那一双纤细的手在娴熟地拨弄着琴弦，有一位老者穿着时新的灰布衫子，手中打着一把蒲扇，同样是有节奏地拍着。见了我这样的冒昧闯入者，老者并未感到惊讶，给了我一个善意的微笑，搬了张藤编小椅子让我一同坐了。我也不客气，不知怎的，进了这里，如同回到家中一样，自然地有一份亲近。我托着腮帮静静地听着，看女孩那修长的手指在弦上来回抚弄着，抚弄出一串串醉人的音符。一曲终了，我待在一旁出了神，直到老者递给我一颗发紫的葡萄我才回过神来。我用手接过，小心地放在手里把玩着，静静地听着老者给我讲绿衣女子与古琴的故事。

得知这女孩的母亲便是弹奏古筝的好手，后来在一次外出演出时出了车祸，母亲为了保护年幼的女儿，先去了，而女儿也因车祸失去了双眼。难怪她弹琴的时候总是盯着远方，眸子是那般清澈，却装满了淡淡的愁。

女孩又开始练琴了，老者也关上了话闸，我向老者点了点头，安静地离开了。身后的古琴的旋律时而高亢，时而低沉，时而如急骤的雨点，时而如缓流的溪水，是《十面埋伏》（我还头一次听有人用古筝弹奏这首曲子，感觉比琵琶弹得更有气势）。离开了那个宅子，我又回到了现实的都市之中。已近黄昏，回顾那所宅子，隐在淡淡的阳光之下，像被抹上了一层金色，仿佛一个神秘的梦。而那古琴韵色却深深地刻在我的心里，时刻都萦绕在耳边。

从此，我便永远逃不开这古琴韵色。

编辑心语：

能够在喧闹的都市中固守一份宁静，并用心去感悟生活，这是一种难得的境界。文章过渡自然，语言生动优美。

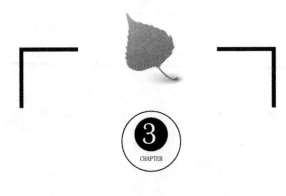

3

CHAPTER

第三章

想你，在墨色时空

夜空，低垂；夜风，清凉。这样的夜，独倚
窗台，相思的情弦，不经意间就被你轻轻地拨动。
这样一份思念在这样一穹苍茫如墨般的夜色里，
如同那阵阵晚风，无尽的漫延，没有红尘的纤杂，
世俗的羁绊，亦无关风月，只是静静地想你。

给远方的朋友

符 洁

远方的朋友，是否知道今夜我燃起红烛为你祈祷？是否知道有一颗心时刻为你牵挂？是否知道，有一个人痴痴等候着你的笑脸？远方的朋友，是否今夜你也想起我？

今晚的月亮好圆好圆，遥远的天际依稀有颗模糊的星光在闪烁。远方的朋友，是否今夜你也会想起我？

清楚地记得，在那个映山红盛开的季节里，我送你去远方，你幽黑的眼眸中含着一缕抹不去的离愁。忘不了，忘不了你曾说过，秋天就会回来，回到我们相约的地方。

起初的日子，鸿雁总能不间歇地捎来你的欢笑、你的泪水、你深深的思念与祝福。我默默地分享着你的一切，然后悄然珍藏于心底，在岁月的窗棂上定格为美丽的风景线。

不觉，天气渐渐转凉，又到落叶翻飞的季节。倦巢的鸟儿可是回去了，要不何以总是让我美梦破碎，翘首仰望。归鸿无影，而我的思念却与日俱增，踏着黄花，静候在归鸿的驿道上，无语凝望……

曾经痴痴地相信一句承诺，如今却在岁月的风沙中发现人生的面容已经改变，曾经固执地想要挽留一段飞逝的岁月，如今已伤痕累累；郑重重复了千遍万遍的诺言，不过也在凄劲的风中更改；雪在漫长的等待中凝成了冰，一下子又被无情敲碎，轻轻地拨弄六弦琴，吟一句"莫把丝弦拨，怨极弦能说"，恍惚中泪水已流满脸庞。

远方的朋友，是否知道今夜我燃起红烛为你祈祷？是否知道有一颗心时刻为你牵挂？是否知道，有一个人痴痴等候着你的笑脸？远方的朋友，是否今夜你也想起我？

月亮山

张田英

　　月光如水，映射出一些淡红浅绿的星辰，殷子又开始爬上了不算太高的月亮山……

　　月亮山是一座小山的名字。

　　在月亮山那所学校读书的时候，曾是殷子生命中花开最烂漫的时光。花开的季节里，除了忠贞不渝的友情外，还有一种最温柔、甜蜜的师情。

　　那时，教殷子语文的，是一位温柔、善良、博爱，拥有最大爱心与丰富感情的女老师。

　　第一次见面，女老师那温婉清丽的形象，以及腼腆温和的询问，让殷子强烈地感受到等候千年的喜讯。殷子在心中断定，女老师必将成为她小小世界的一部分，以后的许多日子，更加深了殷子的这种看法。时常，老师那富有磁性的语音让殷子听得如痴如醉，犹似倾听那潺潺流水的声音，那抑扬顿挫的语调让殷子感受到落花飘零水上的轻盈。殷子爱上老师的课，听老师的讲话，看老师的一笑一行，仿佛那是人世间一切至高无上的享受，殷子更爱她的老师，在她小小的心里，堆满了对老师的敬爱、信赖、服从的崇拜。

　　时常，在有淡淡月色的夜晚，老师总会牵着殷子的小手爬上那不算太高的月亮山，给殷子讲那些天上的人间的传奇而又美丽的故事，殷子总是认真而投入地听着，偶尔也会眨巴着乌黑、清亮的眼睛，提出一些看似荒谬不可解的问题。而每当这时，老师就会搂着殷子的臂弯，亲昵地拍着她的头说，咱们的殷子长大了，会提自己的问题，有了自己独特的思想了。那一刻，殷子真切地感觉到处于生命中最美丽的时光，心中所有的花瓣都在一层一层地绽开，那种甘如醇蜜，纯美清泉的感觉，交织着殷子空灵、纯洁心田。

又是一个月洒满山的夜晚，天空布满了或明或暗的星星，被月光朗照的月亮山，似一幅淡雅的水彩画，又像是一首古朴的田园诗。殷子倚在老师的旁边，听着老师讲牛郎与织女凄美的故事，老师告诉殷子说："天上一颗星，就是地上的一个人，牛郎与织女就是地上的凡人化为天上的两颗星星。"殷子出神地听着，忽儿，也会抬起一双清亮的大眼睛，将小小的脑袋贴伏在老师温暖的臂弯里，满含深情地说："若真是天上一颗星，地上一个人，那么老师便是所有星星中最亮、最美的一颗！"殷子的心中溢满了真切、兴奋的激情，小巧的脸庞绽放着幸福的光彩。老师欣慰地笑了，轻轻地将殷子拥入怀中，用温暖的双手抚着殷子的头发，殷子感到幸福，感到浑身笼罩着月光一样柔和的光晕。

就在这一天，那本是阳光温和的秋日，殷子正陶醉在甜美的晨梦中，梦中，她又看见老师牵着她的小手爬上月亮山的情形，老师又给殷子讲了许多殷子喜欢听的故事，老师还答应了殷子会在月亮山上种一棵美丽的长青，殷子叫它"月亮树"。每天，她们在月亮树下看月亮，数星星，讲美丽的故事……殷子好高兴啊！如果把这个梦讲给老师听，老师一定会让殷子实现这个梦的，老师又是多么深爱着殷子。

可是，一个可怕的消息惊乱了殷子的美梦，老师倒在了血泊中。多么致命的一击，殷子疯狂遏制着心中悲痛的浪潮！静静的病房里，老师无声地躺在了病床上，再也不能笑了，再也不能跟殷子爬上月亮山。甜蜜的乐园变得荒芜了，花开的季节就要逝去。殷子眼中注满了汹涌的泪水，浸湿了老师白色的衣襟……

每晚，月亮再升起的时候，殷子就会沿着壁坡，爬上月亮山找到那块和老师共同坐过的嶙峋的石头，月光照在灰色的石板上，反射出一种浅淡的光泽，像一首淡淡的哀歌。在夜的青光中，殷子仿佛又听到了老师的轻语："天上的一颗星，就是地上的一个人。"此时，老师的那颗星又将是流往何处呢？

月光如水，映射出一些淡红浅绿的星辰，殷子又开始爬上了不算太高的月亮山……

编辑心语：

故事和景致都像是月亮山上洒下的一轮清晖，淡淡的，柔柔的。文章语言浪漫凄婉，主题积极向上。

同桌的你

金　鑫

"欲将心事付瑶琴，知音少，弦断有谁听。"每当读到这句诗时，我便暗自庆幸，因为我遇见了你——真正懂得我心思的你。

走在落满秋叶的小路上，仰望那泛黄的梧桐叶，打着旋，带着眷顾飘落，宛如思念的信函在眼前铺展，那凝重的金黄色犹如一把钥匙，打开了我记忆的匣子，让我又记起同桌的你。

记忆是尘封的往事，带着思念和翅膀悄悄地躲进泛黄的梧桐叶里。忘不了，我们牵着手在树下奔跑，追逐春天的使者；忘不了，我们顶着荷叶，踩着泥巴欢快地捉小鱼；忘不了，我们沐着夕阳，捡起一片金黄的落叶夹进笔记本；忘不了，我们打雪仗，融化的雪在脖子里作怪，却仍旧欢快地笑。

记忆是美的，但当飘起的落叶再一次从眼前划过时，那便已经是遥远的故事了。记忆里，我们迎着清晨的第一缕阳光，在操场上散步、背书；记忆里，中午和你在教室门口打闹，被迎面走来的"老夫子"撞见，一顿训斥后，回到位置上，同时向对方做鬼脸；记忆里，放学后回家的路上，我总是抓住你的手喊害怕，此时的你便会像大姐姐一样，摁一下我的脑门说："丫头，天下没鬼！"

"欲将心事付瑶琴，知音少，弦断有谁听。"每当读到这句诗时，我便暗自庆幸，因为我遇见了你——真正懂得我心思的你。

你是花儿，我便是草；你是闲云，我便是野鹤；你是那弯弯的月亮，我便是那颗闪亮的星星。我们是同桌，更是好友。在这条青春之路，因为有你，所以我不再孤单寂寞。

风仍旧是轻的，吹起那片满载思念的落叶飘向天际。我闭上眼睛，默默地祈祷远方的你永远快乐!

编辑心语:

文章以落叶开篇,过渡自然,同时也烘托了对朋友思念的气氛。作者诗一样的语言,富有韵律,朗朗上口。

星　夜

许　剑

　　我应该感谢它，因为它吹走了我心中的那份黑暗与忧郁，它那种奋斗的精神给了我斗争的勇气，那些和我一样生活在思念中的人，今晚的星空你们看见了吗?

　　吃过晚饭在阳台上乘凉，偶然发现天空中有一颗星星，钻石般大小，但发出的光并没有钻石那么抢眼，像美人痣一样静静地挨在月亮旁边。心中不免一阵欣喜，哎，又想起老家了!

　　老家的星星要比城里的美且多得多，大把大把亮丽的"珍珠"撒满天空，汇成一条条璀璨的银河，又仿佛是诸多金色的旋流交织在一起，蒸腾出梦幻般的色彩……相比之下，这颗星星就显得黯淡得多，它的存在似乎丝毫没有给我带来光芒，而心中的黑暗却加剧了!

　　一阵风吹走了我的思绪，此时月亮已没了踪影。我出神地望着那颗星星，可怜的小星星似乎也知道力量的薄弱，在一点一点地消失，终于乌云的一个浪头将它淹没了。这下子天空只剩下了一团黑，再也没什么可看的了。

　　然而，正在我为世界最后一丝光明的消失而感慨的时候，那颗小星星居然又出现了，这次也许是有黑夜的衬托，看起来它比刚才的要亮得多，更令我吃惊的是它的周围冒出了一群星星，排列在一起，如光亮的瀑布冲向这阴凉的天际，给这黑暗、并给这黑暗里的一切带来了光明……我恍然醒悟：原来黑暗只是暂时的，只有光明才会永恒……

　　我应该感谢它，因为它吹走了我心中的那份黑暗与忧郁，它那种奋斗的精神给了我斗争的勇气，那些和我一样生活在思念中的人，今晚的星空你们看见了吗?

编辑心语：

文章通过对天空星星的描写表达了作者的离愁别绪，同时也阐明了积极向上的主题。作者语言清幽雅致，联想丰富自然。

无可取代

殷荣华

我们望着各自手中的烤红薯，会心地笑了。我们谈着聊着每一次总又回到那些旧时光。我们吹着回忆的风，走在秃秃的树枝下面，那纯真的笑声在冬天里回荡。

今夜星光很闪耀。前几天的狂风大雨将天空擦洗得格外的清晰、明朗。

我望着蓝蓝的天空，回想起白天里的事情。

难得的灿烂的阳光，我迫不及待地骑上车在街上奔驰。冷冷的空气迎面而来，红红的鼻子里充满了香气。我捧着热乎乎的烤红薯，迎着太阳，吹着冷风。我喜欢这样，因为我快乐。

我哼着歌，吃着红薯，想起初中时，我和同桌的快乐。每天中午放学，我们都直奔学校门口的小摊。冷冷的冬天里，同桌和我每天轮着买红薯，五角钱两个。我们总是拣大的拿，乐此不疲地和买红薯的老太太讨价还价，直到气得她收起她的小秤要推着炉子走人，我们才如数丢下钱，拿着红薯开心地溜了。同桌每次都把大一点的红薯给我，我也毫不推让。我们边吃边谈，秃秃的树枝下我们的笑声回荡了一个冬天。

记得初二的一次月考，我考得很惨，气得妈妈也不给我送饭了，让我在学校买了吃，我却很节省，每晚只吃一碗扬州炒饭，省下两元。我那时最喜欢周杰伦的歌，于是我偷偷地存钱去买那九块八毛钱一盘的磁带。一碗炒饭怎么行呢？要知道那只碗有多大吗？哎，别提了。上晚自习时，我那肚子很不争气地在叫饿。开始我拼命地喝水，那可不是办法，我一节课连跑五次WC，前排同学的眼镜都差点儿被关门的那阵风刮下来，同学们都以为我拉肚子，关心地劝我多喝点儿热水。我双眼直冒金星。同桌一阵"奸笑",从桌肚里拿出一个热乎乎的红薯,在我面前晃了晃,我接过便狼吞虎咽了。"明天我,吃两个哟。"同桌笑着说,我这才大呼"上当",可半个红薯已经下肚了。从那次以后,我却落下了一个爱跑WC的习惯。

我的同桌曾说过,"阳光象征了希望,希望预示了奇迹。"我看见在远处的桥上一个人的手在向我挥舞。我冲上去,她冲下来,我们擦肩而过,哈哈,冲过头了。她,是我的那个同桌。"喂,猪头刹车!"我叫道。她头也不回向前冲去,摇晃着的手中拿着一个烤红薯。"X头,快点!"(X,这里不写,太不雅了。)"你好慢哟!"我气喘吁吁追上她,她的这句话差点儿把我哽死。

我们望着各自手中的烤红薯,会心地笑了。我们谈着聊着每一次总又回到那些旧时光。我们吹着回忆的风,走在秃秃的树枝下面,那纯真的笑声在冬天里回荡。

家里的钟声响了十二下。我望着天空里那最亮的一颗星,心中默默地念着:我们每一刻的拥有,都是无可取代。

编辑心语:

同窗的故事丰富多彩,同窗的友谊纯洁无瑕,无可取代。文章故事性较强,语言生动形象。

我家的银河

韩　露

看着天花板上最为耀眼的狮子座的星星，不知怎的，那一瞬间，我发现了星星的可爱，也终于明白爸爸为何总是如此的爱着它。我仿佛觉得每一颗繁星都寄托着爸爸对我的爱，我这个温馨小屋是爸爸用爱一点一点堆积而成的，虽然经历了无数风霜雨雪，却还是屹立在世界之巅。

"刷，刷，刷……"一颗、两颗……不知道多少颗流星接踵而至，我用望远镜观看着难得一见的大范围狮子座的流星雨，看着它们就好像看到远在异国他乡的爸爸那张和蔼的笑脸。我想，爸爸一定也在世界的某个角落观看着呢！因为这是他毕生的最爱。我默默地许愿，希望爸爸能够尽快回来，尽管我知道这是不可能实现的，但这一直是我的精神寄托。

爸爸爱好天文，把我的卧室也布置得像一个银河系，而我那张椭圆形、蓝被单的床就像是个"地球"，在天花板上装饰着无数颗星星，墙壁上有一张爸爸在意大利的罗马拍摄到的天秤座流星雨。

我从阳台走回卧室，我已习惯不开灯了，满屋的繁星正一闪一闪地眨着眼睛，月亮钟左右摇摆，"咚——"时钟沉闷地敲了一下，时针和分针重合在一起。这时，一丝冬日凛冽的寒风吹过，寒流瞬间贯穿我全身，一种孤寂的心情爬上心头。

我随手关上房门，又习惯性地爬上了"地球"，看着满屋的繁星，爸爸那早已陌生的身影又再次清晰地出现在"地球"的一角，他正聚精会神地看星星呢！我没有打扰他，只是静静地看着，忽然，他发现了我，温和地对我说："啊！是韩露啊，来，快过来！我来教你看星星，你看，那是北斗七星，哦，那是巨蟹座的星星，看，像一只巨蟹吗？那是……"我没等他说完，就哭着朝他大喊："爸爸，你快回来吧！"爸爸那坚定有力的声音戛然而止，他没有说话，只是一直沉默着，他抬起头看看我，再看看星星，最后，他把目光定在我的身上，深沉地对我说："韩露，爸爸知道这些年苦了你，但我——"我明白爸爸要说的，我也能理解，我也知道爸爸心里是爱我的，不然他不会为了拍摄到天秤座流星雨，不惜顶着摄氏四十度的高烧去拍摄，打点滴的手也因为他拍摄时不停地调整拍摄角度而变得像个馒头……这一切我都记在心里。

当我们搬新家时，我打电话叫爸爸一定要回来给我布置卧室，爸爸二话没说，立刻从东京赶回来，这都是他对我无微不至的爱，当然他也不负众望，把我的卧室布置得井井有条，而且十分新颖。每当有同学来我家做客时，我总不厌其烦地一遍又一遍地为他们介绍我的卧室，他们听后，先是惊讶，紧接着便是羡慕。每每这个时候，我的心中总是无比自豪。

爸爸常对我说："当你看到狮子座的星星时，你心中想说的话，不论我在哪里都能听到。"

看着天花板上最为耀眼的狮子座的星星，不知怎的，那一瞬间，我发现了星星的可爱，也终于明白爸爸为何总是如此的爱着它。我仿佛觉得每一颗繁星都寄托着爸爸对我的爱，我这个温馨小屋是爸爸用爱一点一点堆积而成的，虽然经历了无数风霜雨雪，却还是屹立在世界之巅。

今天又是个有狮子座星星的日子，我默默闭上眼，在梦中与爸爸倾诉思念之情……

编辑心语：

文章以星星开篇，将读者带进了一个思念的氛围当中。作者舒缓的文字底下蕴涵着父子之间的深厚感情。

想 你

郭小勇

夜，很静很静；风，很微很微；月，很远很远。妹妹，我思念你的情很浓很浓。你听，鸣钟已开始敲十二下，一下、二下、三下……可我仍在月光下徘徊和穿梭，想你，又想你——妹妹，可知否？

夜，很深、很静柔；风，很轻、很柔；月，很高、很圆……

在月挂高空的静夜里，一万种柔情悄然地爬上心之峭壁漫长的相思林。思绪挽着朵朵的白云飘向天涯海角，漂泊在心灵深处的泪花姗姗地走向思念的季节……

想你，心中的感觉像柔和的月光，宁静而美丽。

想你，体会到人生真情的存在。

想你，相思似枫叶红了又绿，黎明的朝阳，黄昏的落日，一天天地炙烤着无数个企盼，但是望穿秋水依依不见你的归期。

思念涌成的微风，在无声的静夜里摘一片枫叶，托飘飞的思念带去无泪的诗行、苦涩与烦恼的文字，把真情的思念尽情倾诉。

窗外的月光斜斜地洒落，远方的妹妹——你，可听到月光下哥哥说给你的话？你可读到哥哥无尽的思念？

夜，很静很静；风，很微很微；月，很远很远。妹妹，我思念你的情很浓很浓。你听，鸣钟已开始敲十二下，一下、两下、三下……可我仍在月光下徘徊和穿梭，想你，又想你——妹妹，可知否？

编辑心语：

思念是一个永恒的主题，作者语言清新浪漫，富有节奏韵味。

灯 光

戴迎春

仰望灯光，往事历历，别情依依。那夜灯光下的散步使我难忘。姐姐，今夜灯光明亮，让我们去实现我们远大的理想。

今夜，灯光明亮。姐姐，你此时去何方？想你的时候，我看看那灯光……

想你的时候，看看那灯光，灰暗的灯光它似乎带着忧伤。灯光，是否你也正在寻找你的亲人？四射的灯光，多像我洒落的泪花，是等待远方姐姐的归来？

依稀记得，那个灯光闪亮的夜晚，我和姐姐手挽着手一起散步，一起歌唱。那一首《情长路更长》被我们改成《路长情更长》。歌声飘入我的心房。我问姐姐："姐姐，大学学堂里的灯光是不是特别明亮？"姐姐甜甜地笑着，说："那当然。"看着远处朦胧的灯光，我有了幻想：姐姐定会和我一起进大学学堂。宽敞的教室明亮的灯光，我们一起发奋学习，一起共度快乐时光。我又天真地问姐姐："姐，我现在要是能和你一起坐在大学学堂里学习，那该多好啊！"姐姐被我的话逗笑了。姐姐说："妹妹，努力吧！你要想看到大学学堂里明亮的灯光，你就得努力学习。"我默默地点点头。

一直以来，姐姐是我心中的偶像，她的聪颖活泼、勤奋上进映入我的脑海深处，给我无穷力量。我也学会了写《灯光》，姐姐说："要想你的人生闪光，你就得加倍努力，一分耕耘，一分收获。"姐姐教室里灯光明亮，勤奋好学的你一定在努力学习，灯光是你的好伙伴。手拿着笔，笔头在纸上快速滑动，留下一篇篇精美的文章。所有的烦恼忧愁，所有的快乐幸福一起写上。

仰望灯光，往事历历，别情依依。那夜灯光下的散步使我难忘。姐姐，今夜灯光明亮，让我们去实现我们远大的理想。

编辑心语：

夜深人静的时候，最容易让人产生一种思念的情绪。作者由灯光切入，想起姐姐，再谈到自己曾经的抱负，行文自然、向上。

第四章

彼时的年少时光

　　寂寞的夜，撑起一支长篙，在记忆的河流中徜徉。往事，似飘零的落叶，在水面上轻轻地流淌。童年的日历常常涂满绿色，如同一本永不会发黄的相册。那时候天总是晴朗的，时光总是无忧无虑的，所有的一切都是那么新鲜，如今才发现，原来都只是那时年少。

永远的风筝

王晓列

第一次放风筝的我有些急不可待地来回乱跑，父亲告诉我不能急，他手把手地教我慢慢地后退，一点一点地放长牵绳，终于我的风筝飞起来了，在初春洁净的天空中飘动着、升腾着。

记得小时候，村里极少有人放风筝，第一次见到风筝时，我已到了上学的年龄。那年的春天温暖而少雨，邻家小哥的父亲从外地给他带回了一只蝴蝶形漂亮的风筝。这对于我们院子里那帮从没见过风筝的孩子来说，真是稀奇玩意儿。于是，我们一个个像跟屁虫似的聚到风筝主人的身边，追着那放飞的风筝一起在碧绿的田野里奔跑、欢笑。此时的邻家小哥也俨然成为我们的头领，一脸神气地指派着我们每人轮流着放一会儿风筝，可该到我时，他却取消了我的资格，理由是有一天我没有与他分吃我仅有的两块糖。

我很伤心，玩伴们已随着风筝跑向了远处，而我仍一个人站在那无人的空地上，不断抽泣。我那副委屈的样子恰巧被路过的父亲看到了，他为我拭去眼泪，并答应给我做个风筝，一只能飞上天的风筝。

已记不清当时我有多兴奋了，只记得那天从下午到晚上我一直在父亲身边，帮他拿工具，找材料。然而，一直敬父若神的我对他的能力有些怀疑了。那天他做了试、试了拆，一共反复了多次，我们的风筝总也飞不上天，直到我被母亲硬逼着睡觉时，我的风筝仍只是件半成品。

满怀牵挂的我第二天早早便醒了，我惊喜地发现，我的床头端端正正地放着一只风筝。旧年画糊的表面，几根粗细差不多的竹篾绑成的架子，妈妈纳鞋底用的棉线做的牵绳。我兴奋极了，拎起风筝一头冲进了父亲的房里，嚷着要父亲起来陪我去放风筝。父亲被我吵醒了，他没有责备我，反而显得兴致极高，连早饭都没吃，就和我一起来到了离家不远的一处空地上。

那是一个我不能忘却的春日，淡蓝的天上浮动着一块块薄如蝉翼的云霓，早春的阳光就像母亲的手，暖暖的、柔柔的，照在身上倍感舒坦与惬意。第一次放风筝的我有些急不可待地来回乱跑，父亲告诉我不能急，他手把手地教我慢慢地后退，一点一点地放长牵绳，终于我的风筝飞起来了，在初春洁净的天空中飘动着、升腾着。

我高兴极了，从父亲的怀中挣脱出来，独自扯着风筝狂奔于无边的田野里。看着我的样子，父亲笑了，笑得那么的开怀，那么的满足和慈祥。忽地，一块土疙瘩把我给绊倒了，我攥着牵绳的手不自觉地松开了，那高飞的风筝一下子冲到了半空中，连续地翻了几个跟头后，斜斜地落到了那棵泡桐树上。

望着树上依然不停晃动的风筝，我无计可施，只能用满是泥巴的手扯着父亲的衣角哭喊着："我要风筝……"父亲大概是不愿看到我伤心的样子，也不愿就这样失去他花费那么多精力才做成的风筝，他决定上树去取。然而，意外的事发生了。就在父亲即将够着风筝时，他脚上赖以支撑的树枝突然断了，父亲的身体跌了下来，连续压断好几根树枝后，重重地摔在树下坚硬的土地上。

父亲的腿摔坏了，去医院的路上，母亲一遍遍地埋怨父亲："也不怕别人笑话，孩子都这么大了，竟为了风筝上树，若不是那几根树枝，你怕是……"虽然母亲没有过多地责备我，但是我知道若不是为我，父亲也不会受如此之苦。所以，在父亲治疗的那段日子里，一种越来越强烈的负罪感，使我不敢再提那风筝的事。许多年过去了，父亲的腿也好了。田野里，放风筝的孩子还在奔跑着、欢笑着。

编辑心语：
想起幼稚、快乐的童年，我们的眼里总是满怀着感激与泪水。作者通过放风筝的故事勾起了对父亲的思念，表达了父爱永恒的这一主题。

捕　蝉

朱小明

一到傍晚时分，村后的大土坡上就是我们这群调皮孩子比"蝉"的地方。谁捉到的知了发音最大，谁就是冠军；哪个知了若是发音太"小气"，就毫不客气地将它丢到河里，看着它在水里挣扎着、打着旋直到被水底的鱼抢吃了去。

"知了叫，割草稻"。每年农历五月份左右，正是早稻将割的季节，知了就开始了它一个夏季的歌唱生涯。小的时候，我常笑话这些蹩脚的歌唱家，扯破了嗓子也唱不出一首动听的歌。奶奶却告诉我它们不是在唱歌，而是在喊冤，她说知了是冤死的妇人变化的，死之前不知道谁害死了她，死后才知道，所以她的冤魂变化成蝉，整天哭叫着知了。

后来，再仔细一听，蝉鸣里是有些惨兮兮的腔调，像个尖嗓门的女子在哭……

那故事着实吓了我一段时间，我也一度惊惧过那些把玩着知了的孩子们。但是，六七岁的孩童是一玩就疯的，不久便忘却了"妇人化蝉"的故事，又和一群小伙伴在林子里玩起了捕蝉的游戏。

捕蝉的方法有好几种，最简便的方法是用网兜子网蝉。将一个碗口大小的网兜子用铁丝固定在一根结实的长竹竿上，这样，一个简便可行的捕蝉工具就做成了。用的时候，循着蝉鸣觅着了蝉，蹑手蹑脚来到树下，支起竹竿，缓缓地向它靠近，离蝉尺把远的地方，猛地向它罩去，伏在枝干上的蝉受了惊吓振翼飞起，正好飞在网兜中央，这时再取下竹竿，蝉就是"囊中之物"了。如果怕它飞掉，就用剪刀剪去它两侧大半的翼，或者用一根长线拴住它的脚……

其实最好玩的捕蝉方法不是用网兜子，而是用头发丝制成的"圈套"。那头发丝有些讲究，要细长且结实的那种，奶奶的头发够细长却不够结实，要用妈妈的头发才行。妈妈的头发一溜黑，比我的个头还长。趁妈妈梳头时不注意，拽一两根就跑，就听到妈妈在身后踩着脚骂道："小崽仔，拽我头发，回头扒你的皮！"头发到手了，再找根竹竿和一截棉丝线，将头发丝打成"Q"状，用棉线拴在竹竿前端，一个套知了的"圈套"就做好了。头发丝不像网兜子有那么大影子，精明的知了往往没等网兜罩下来就逃之夭夭了，用头发丝做的"圈套"真可谓"神不知、鬼不觉"，待知了发觉不对劲时，套子已经套在它的"脖子"上了，这时候，再稍用力一拉，知了就被牢牢地套住了……

一到傍晚时分，村后的大土坡上就是我们这群调皮孩子比"蝉"的地方。谁捉到的知了发音最大，谁就是冠军；哪个知了若是发音太"小气"，就毫不客气地将它丢到河里，看着它在水里挣扎着、打着旋直到被水底的鱼抢吃了去。

再大了点，到了该上学的年龄。记得上学前的一个夏天，我在灶旁玩知了，看见母亲将头发剪下来卖给收辫子的小贩，又将床底下十几升黄豆兑给村东豆腐店，凑齐了我上学的学费。

第二天早晨，我看见母亲失魂似的在梳妆台前呆了好长时间，自此后，我再也没有捕过一个蝉。

编辑心语：

好玩是孩子的天性，用母亲的长发捕蝉是作者童年的乐趣之一，但是为了自己的学费，母亲牺牲了自己的长发。通篇没有出现一个表达感动和爱意的词语，主旨却异常的分明。

童年·母亲·河

许　雄

　　我躲过母亲，偷偷地溜下了河。直到太阳当顶了，我才爬上岸。可又担心父亲会责备我，于是脱下湿漉漉的小裤衩，放到石头上晒，自己光着身子爬上码头边的小吊车上，兴致勃勃地"开"了起来。

　　河边的那栋小屋，青瓦红砖竹篱笆，就是我的家。屋前屋后的绿柳青杉，在河里有很美的倒影，一条弯弯的石级，一直伸到河底。宽阔的河面，水清得透亮，不时有一条小船，犁开这块漂亮的绿玻璃，荡起来层层浪花，便都拱起矮矮的脊梁，一阵一阵拍打着沙滩。这时，准会有一两只小螃蟹，爬出它们的石头城堡，滴溜溜地转着眼珠，紧张地四下张望。当知道我不会抓它们时，就手忙脚乱地划起六条桨，把它们土褐色的船沉到河底。水面便飞出来几条银色的小鱼，在阳光下熠熠闪亮……

　　沙滩是我的乐园，无忧无虑的童年是在沙滩上一脚一脚踩出来的，每一个脚印里，都挤满了顽皮和淘气。母亲是清清的河水，儿子就是水里一尾不安分的小鱼，游来游去，从不让她安宁。涨水的时候，鱼儿最多，会水的父亲，是半个渔民。下班了，父亲会哼着曲子，提起半旧的网，来到河边。他赤脚微浸到水里，笑脸对着我和母亲，一转身，向天上撒出一个"大蘑菇"来。那神情，准能把西山凹里又红又圆的夕阳逮住。

　　每当此时，母亲会牵着我帮父亲拾鱼捡虾，有时还会有一两只大螃蟹。看到桶里满是鲜蹦鲜跳的大鱼小虾，我每次都高兴得一个劲儿翻筋斗。这时，母亲会停下来，看我耍着傻劲儿，脸上飘满轻盈盈的笑。父亲说，这鱼儿，是母亲的笑换来的。还说，就是放一只大螃蟹到母亲的手上，它也不会咬母亲。我就央求父亲每次千万要多打几只大螃蟹上来。

可是有一次，一只大螃蟹差点儿要了我的命。父亲把它从网兜里拿给我时，起初我还不敢接呢。它不停地挥舞着又胖又短的黑钳子，鼓着丑眼睛，向我示威。我小心翼翼地紧捏着，心儿跳得特别厉害。不知怎的，它突然死劲儿夹住了我的小指头，甩也甩不掉。我慌慌张张，"哗"的一下掉进了河里。我不知道当时自己是个什么样儿，只记起睁开眼时，母亲站在齐腰深的水里抱着我，父亲一手扶着母亲，一手还挽着来不及脱手的钢绳。母亲不会游泳，父亲半笑着说："你，比我还快。"

母亲还出着重气，头发也湿透了。我淘气地张开小嘴接她头发上滴下的水珠，看见母亲的脸绯红绯红的。

父亲悠扬的笛声把月亮吹上了柳树梢，柳条儿轻摇着水面，水面便荡起了无数迷离的银波，像千万颗星星掉进了水里，一起闪亮。我躺在母亲的扇子底下，望着她星星一样美的眼睛，听她讲河里鱼儿的故事，讲天上星星的童话……

母亲催促父亲教我学会了游泳，可她从不让我单独下水。

有几天，太阳火辣辣的，连树林子里也是闷热的，像个大蒸笼，我在沙滩上挥着柳条儿跑来跑去一点儿也不痛快。我躲过母亲，偷偷地溜下了河。直到太阳当顶了，我才爬上岸。可又担心父亲会责备我，于是脱下湿漉漉的小裤衩，放到石头上晒，自己光着身子爬上码头边的小吊车上，兴致勃勃地"开"了起来。

这时，我发现母亲站在对岸，不住地张望。烈日下，水波里，她那好看的身子轻飘飘的，像神话中的仙女。家门口，父亲一次又一次地向她挥手，那劲儿，能把河推动。可她就是不回去。

我穿好衣服，赶紧飞回家里。母亲用她又长又柔的手臂，一下把我揽到怀里，我仰望着她焦躁未退的眼睛，等她责备，可她不停地摩挲我的头发，贴紧我的脸，说我晒得通红通红的，她好心痛……

半夜里，我被一阵疼痛惊醒，发现自己竟是伏在母亲腿上睡着的。母亲轻轻地摇着扇，父亲却在我背上不知涂抹些什么。涂完了，他拍着我的头说："九个大水泡！痛吧？怎么不告诉我们？肯定晒得太久了，好毒的太阳！要不是你娘每晚到你房里来看看，我们还不晓得呢。"

我转过头来，看看母亲，发现母亲头顶的灯红红的，母亲的眼睛也是红红的……

河水退了又涨，涨了又退，伴着一次又一次的涨水落水，在宽阔的沙滩上，在母亲温暖的臂弯里，我慢慢长大了。

石级弯弯的，水退得再也不能退了，它也还能浸到水里。即使在梦里，即使在远离母亲的学校里，我也能清晰地看到，那每一块青石板上，重叠着母亲无数的身影。

寒假回家，我第一次认真看母亲时，竟发现了好多白发。父亲看着大惊小怪的我，微微地笑了笑，说："根根白发慈母心啊！"

我看着母亲微笑的嘴角，看着她舒展的额头，看着她像舵一样永远浸在水里的手，再看到她风中摇曳的白发时，心里猛然一颤，不觉想起冰心的话来："母亲啊，你是荷叶，我是红莲。心中的雨点来了，除了你，谁是我在无遮盖天空下的荫蔽？"

我又赶紧蹲到母亲身边，靠得近近的，像童年那样近。

编辑心语：

文章通过童年故事的回忆，表达了母爱这一永恒的主题。作者语言生动优美，感情细腻动人。

故乡的葡萄树

吴欣悦

　　我攀着树干儿，张着两只小耳朵贴在树皮上，想到就要听到他们在天桥上说的悄悄话，充满稚气的脸上不觉露出了会心的微笑……

　　偶然，拿起一本书，随意翻开，忽地，从书本中轻轻滑落一枚翠绿的树叶，我俯身拾起。哦，是一枚葡萄叶，我那故乡的葡萄叶。此时，我的心随着它飘荡起来，不觉地回到了故乡的小路上，回到了故乡门前那棵给我的童年带来无穷乐趣的葡萄树上。

　　"阿门阿前有棵葡萄树，阿嫩阿绿地刚发芽，蜗牛背着重重的壳，一步一步往上爬……"这稚嫩的歌声，是我和伙伴们绕着葡萄树穿爬时所唱的，我们在葡萄树下比谁唱得最好，看谁扮"蜗牛"扮得最像，若谁赢了就有一个大大的奖励———一颗葡萄。因为我最小，所以每次伙伴就把一颗最大的葡萄奖给我，我自然也毫不客气地用沾满泥的手抓过来就往嘴里送，以致嘴上满是泥，惹得伙伴们哈哈大笑……

　　在这葡萄树下，我第一次听说了牛郎和织女的传说。外婆告诉我，每年的"七月七日"喜鹊搭桥就是牛郎和织女的相会之时，在葡萄树下还可以听他们的谈话。这使我感到好奇，于是便苦苦等待着这天的到来。

　　盼星星，盼月亮，终于等到了这天的到来，我心里甭提有多高兴。可是，傍晚突然下起了大雨，外婆不让我出去，可她哪知道我心中还装着那动人而又美丽的秘密呢？于是，也不管外婆如何叮嘱，好容易等到夜里外婆睡熟了，我蹑手蹑脚地向门外走去。啊！外面一片漆黑，伸手不见五指，只听风"嗖嗖"地刮着，雨还在不停地下，心中不觉一阵战栗。但好奇心督促着我，于是就不顾夜里的黑暗，壮着胆子独自一个人向前走去。还未走几步，我就摔倒了。要在平时，我准会"哎哟"叫着，

072

跑到外婆身边撒娇去了，可现在，我还有大事未办呢！于是，便强忍住疼痛，咬紧牙关站起来，抹抹身上的泥，快步奔到葡萄树下。

我攀着树干儿，张着两只小耳朵贴在树皮上，想到就要听到他们在天桥上说的悄悄话，充满稚气的脸上不觉露出了会心的微笑……

可是我等啊，等啊，过了好久，我的腿脚都麻了，仍听不到一丝儿人声，只听见雨落在叶子上的"滴答、滴答"的响声，还有那冷飕飕的凉风掠过耳边的"呼呼"声。此时，我那幼小的心灵就像受了欺骗一样，一下子委屈地哭了，撅着小嘴连忙跑回去找外婆算账。外婆被我摇醒了，我揪着外婆的衣角儿哭着喊："外婆，你骗人！外婆，你骗人！"外婆被我这突如其来的行为给弄得莫名其妙，连忙哄着我："小乖乖，别哭！别哭！我给你葡萄吃，啊？别哭，乖！外婆怎么骗你啦？我的乖孙女告诉外婆啊！"

我用那带着泪水的眼睛模糊地看着外婆，哽咽地诉说着。外婆听完后，不禁笑起来，那脸上的皱纹一下子舒展开来，好慈祥！外婆抚摸着我的头低声说道："我的小乖乖，牛郎织女是天上的事，他们讲话我孙女可听不见啊！而且呀，那只是一个美丽的传说，是不存在的！你看，外面还下着雨呢！"我听着窗外淅淅沥沥的雨声，想，这雨一定是牛郎织女相会时，高兴得像我见到外婆一样哭鼻子流下的泪吧！那夜，我做了一个梦，梦见牛郎织女终于越过天河相逢了，他们互相诉说着无尽的相思，美丽的喜鹊围绕着他们飞来飞去，唧唧喳喳地传播着好消息，我也高兴地笑了，笑得那样憨甜，那样美好！

难忘啊，那棵葡萄树！你在我的记忆中永远留下一份最温馨的回忆……

编辑心语：

童年是纯真无邪的，童年的趣事最令人回味，也最易让读者产生共鸣。文章故事性较强，语言清新浪漫。

童年的乐园

季秀娟

这里虽没有芬芳四溢的鲜花，也没有清澈的溪流，却也别有一番情趣。春季有嫩绿的小草，夏季有开着乳白色花朵的槐树，秋季有无数朵金丝般花瓣的野菊花，冬季则更有一番冰雕玉砌的景象……

我家旧居后面有一个不大的院子，它便是我童年时的乐园。现在，虽然已耸起高楼，但它在我的脑海中仍是一处"圣地"。

这里虽没有芬芳四溢的鲜花，也没有清澈的溪流，却也别有一番情趣。春季有嫩绿的小草，夏季有开着乳白色花朵的槐树，秋季有无数朵金丝般花瓣的野菊花，冬季则更有一番冰雕玉砌的景象……在这个小世界里，居住着许多小昆虫，有胆小软弱的蜗牛，有舞动着八只脚的蜘蛛，还有威武而好斗的蟋蟀。

春天到了，雨水滋润着大地，小草也从地面探出了娇嫩的小脑瓜。我学着大人们的样子，拿着小铁铲和玉米粒在院子里忙乎起来。我先翻地，不时翻出几个蚂蚁窝，蚂蚁们见它们的窝被毁惊得四处乱跑，一些蚂蚁还夹着白色的小茧。我好奇地捏起来看，谁知那小家伙反而咬我一口，弄得我这个不知比它大多少倍的"庞然大物"大叫起来。不过到最后，我还是把玉米粒埋到了地下。

夏天来了，倾盆大雨冲刷着大地。雨过天晴，我穿着小雨鞋扛着小铁铲来到这儿。这时的玉米已经长得比我还高了。雨水积成了一个个小水坑，我用小铲从一个水坑向另一个小水坑挖去，不一会儿便挖好了一条小水沟。雨水从水沟中流过，流向一个大水坑。我把一只小纸船放在水面上，还搭上了一名小乘客——一只可怜的小天牛。可惜这小家伙没福气，还没到岸便失足落水了，它十分狼狈地爬上岸，头也不回便逃命去了。看着小天牛那惊慌失措的样子，我笑了起来。

秋天，连绵不断的细雨总算停了，我穿着小雨鞋又来到这儿，只是手中的铁铲换成了小竹筐，因为我那宝贝玉米成熟了。我挨个儿地去掰，长在高处的，便踩上砖块，有时脚下一滑，"扑通"一声掉进泥水里，顿时成了一个小泥人。回到家，妈妈见我这副模样真是哭笑不得，不过能吃到亲手种、亲手掰的嫩玉米，我的心里别提多高兴了！

冬天，一场鹅毛大雪过后，一切都换上了银白色的冬装。我穿着小暖鞋再次来到这里，一层厚厚的雪被覆盖着小院，我尽情地欢跑着，身后留下了一串串省略号。我和小伙伴们抛雪球，打雪仗。尽管打在身上，溅进脖子里的雪冷得使我发抖，但我还是兴奋不已。堆雪人是我最高兴的事，把一个皮球大小的雪团，滚成几个小朋友都推不动的大雪球，然后安上一个"梳着小辫"的脑袋，不一会儿我们中间便多了一位可爱的雪娃娃，我们欢快地跳着、唱着……

啊！我童年的"圣地"，你是我脑海中最美好的回忆……

编辑心语：

童年是最让人流连回味的。文章采用总分结构，写下了童年乐园所带给作者的许多美好的回忆。

小船悠悠

刘　明

现在看到小船，我就想起在乡下的日子。什么时候，那悠悠的小船能再载上我，去采菱，去寻回那悠悠的童年……

江南，多的是连绵曲折、绿波荡漾的河道，其间自然也少不了各式各样的小船儿。

江南的小船，虽没有威尼斯快艇那般的出名，然而却也别有情趣。小船有乌篷的，也有敞篷的，两个人划的，前面一个撑篙，后面一个摇橹。两人配合默契，一边划还一边唠唠家常，十分轻松；一个人划的，人侧坐在船后，摇起桨来又稳重，又有力。随着汩汩的划水声，船儿便"吱吱呀呀"唱起小歌，飞一般前进。

记得我七八岁的时候，在任阳住过一阵子——那儿的河滨水道就更多了。初到时，父亲便对我讲，这儿大小孩子都会划船，让我也去试试。我于是跳上了一只小篷船，可还没走几米，却把船头卡在一个石隙里，怎么也掉不转。急得我大哭起来，幸而船就靠在岸边，父亲下到船里，很快将我送上了岸。

后来，堂弟邀我坐船去玩，由他摇桨。我感觉很新鲜，也很兴奋。但母亲认为不安全，不准我去。后来经我苦苦哀求，最后还是让我去了。

我和堂弟上了一只敞篷的尖头小船。他用竹篙在岸基上一顶，竹篙一下子弯成了拱形，随后又弹开来，船便开始前进了。堂弟撑起桨来一点儿不显笨重，尽管那桨与他身子一般高低。他在后头摇，我在前边只是玩水。把手指插入河中，竟激得水一下子跃在我的手腕上！速度好快哟——我禁不住佩服起堂弟的本领来。

远远飘来一个声音："小贼——慢点跑——等等我嘞——""是陈

伯啊，快点儿——"一会儿，那影子近了，看清了。陈伯正载着一船蔬菜呢，想必是进城去卖吧。"哟，城里的阿哥也在呀。小朋友大概没坐过这种船吧？""嗯，摇摇晃晃挺舒服的。""噢？比得上你们的沙发不？""比那还好呢。""是吗？"我们都笑了。

陈伯又说："小贼，你阿哥难得来一趟，又正赶上时节，你就带他去采些菱吃吧。""对啊，咱们去菱塘，那儿有很多菱角！""远吗？"我问。"不远，就在那边。"堂弟说。

"那我可先走了。祝你们玩得开心！"陈伯点上一支烟，小船悠悠地去远了。

这一路，堂弟仍划得很快，只是看得出他很费劲儿，连身子也在扭动了。看来，他的心情比我还急迫呢。两耳边风呼呼地轻响着，不多时，菱塘就在眼前了。

紫红色的菱角，我们伸手就可以采到。我们采到菱，也不管卫生不卫生，抓起来就咬，咬开了就吃，那香冽清爽的味道真让我永生难忘。我们这边兜一圈，那边兜一圈。小船儿载着我们一路吃、一路笑。终于，我的肚皮让红菱给撑得鼓鼓的。于是，堂弟划起了桨往回去，不过这回，他划得很慢很慢，船儿几乎是在水上随风漂浮着向前。天大概是不早了，斜阳洒在河道上，一片金光闪耀，像一条金蛇盘绕在块块田地之间；一只小小的船儿在"蛇脊"上行过，打散了蛇的鳞片，它化作一条金丝带飘在后头；船儿"吱吱呀呀"的声音像在演唱着什么，划桨的"刷刷"声又如同是在伴奏，乐曲里充满了柔和优美的韵味……

现在看到小船，我就想起在乡下的日子。什么时候，那悠悠的小船能再载上我，去采菱，去寻回那悠悠的童年……

编辑心语：

江南是一个富有诗意的名词，美好的回忆实际上是一次富有诗意的旅行。本文对童年的依恋之情，溢于笔端，给人一种美感。

童年的小蟹

徐　欢

　　童年渐渐远去，可我至今还常常想起那只小蟹。从那时起，我再也没去海边捉小蟹，更没有幻想自己变成一条小鱼或小蟹，因为我知道它们远远没有我想象的那么自由和快乐。

　　我小时候，总喜欢提着一只小桶到海边玩，看着海鸥低吻着海面，海水轻拍着岸边的石子，闻着海风送来阵阵的清新味道，脑子里有无穷无尽的遐想，幻想有一天自己能变成一条小鱼，在大海中畅游，或是变成一只小蟹，懒懒地躺在石子下……

　　在海边我最喜欢干的事，就是捉小蟹。我不厌其烦、耐心地翻开一块块小石子，捉到一只就放在小桶里。当我满载而归，立即用清水把小蟹洗干净，再用面粉、鸡蛋、盐等各种作料搅拌均匀，做成小蟹饼放到油锅里炸至金黄色，吃起来别提多鲜美了。

　　有一天，我又提着小桶到了海边，当我翻开一块石子时，发现一只与我拇指相差无几的小蟹慌忙逃到另一块石子下。我毫不犹豫地追过去，一把抓住了它。它开始拼命挣扎，当然无济于事，我正准备把它扔到小桶里，突然手指感到有一丝痛，气愤之余，我将这只小蟹的螯扯下一只，这时才发现小蟹的另一只螯不知什么时候也丢掉了，而且本应有的八只小腿，也仅剩下三只了。它肯定在不久前刚刚遭到了一场厄运。小蟹十分惊恐，想用剩下的三只小腿逃出我的手心，我看着它像小乌龟一样迟缓的行动，心里忽然想起老师的话："螃蟹的腿和螯可以再生。"

　　一个恶作剧的念头鬼使神差似的让我把小蟹剩下的腿全部扯了下来。我想看看小蟹的腿究竟怎么长出来。然而，小蟹的腿并没有我想象的长得那么快。我把脸凑近它，突然觉得它一定痛极了，可我又无法恢复它的健康，想了想，把它放回浅水中，我怕它受到伤害，又用几块小石头给它做了个小房子。

"螃蟹是用螯夹东西吃的。"老师的话又响在我的耳边。它现在一只螯也没有了，会不会饿死呢？我两眼盯着这只小小的生灵，心中非常内疚，不停地责备自己，不该吃蟹饼子。我提起小桶，正要把里面的小蟹全都放回大海，那只无腿无螯的小蟹好似可怜巴巴望着我说："别放到这里。"

我怕桶中这些健康的小蟹欺负、嘲笑这只残疾的小蟹，提起小桶走了好远，才将它们放生。

当我再回来看望残疾小蟹时，潮水已开始上涨。我从心里祝愿小蟹的腿快点儿长出来。

这一天，我提着空桶回到家，天都黑了。当妈妈问我为什么没有捉到小蟹时，我忍不住哭了。我告诉妈妈自己如何残忍地对待一只小生命，虽然不是故意的，但心中仍然充满了无限的自责。

妈妈明白了事情的原委后，安慰我说："傻孩子，不用伤心，小蟹明天就会长出新腿的。你不信，明天我们一起到海边去看看。"我这才破涕为笑。

那天晚上我做了一个梦：自己变成了一只小蟹。当我爬到那块小石子下时，看见小蟹的两只螯合八只小腿全都长出来了。它原谅了我，并说："这儿已成了我的家，希望你常来做客。"

我好高兴，以致竟笑醒了。

童年渐渐远去，可我至今还常常想起那只小蟹。从那时起，我再也没去海边捉小蟹，更没有幻想自己变成一条小鱼或小蟹，因为我知道它们远远没有我想象的那么自由和快乐。

编辑心语：

面对弱小的生命，"我"终于动了恻隐之心，这是一个孩子的本能，纯真而美好。作者语言生动形象，感情细腻活泼。

童　梦

李建木

儿时的记忆里，家乡很美。碧绿的菜畦，轻捷的小麻雀，还有那古迹斑驳的铭刻着长辈故事的农舍，悄悄地编织着我的童年之梦。

童年的故事如古朴的山歌，余韵久久不能离去；那一条远流的记忆的长河中，不时地激起一朵朵怀旧的浪花。

儿时的记忆里，家乡很美。碧绿的菜畦，轻捷的小麻雀，还有那古迹斑驳的铭刻着长辈故事的农舍，悄悄地编织着我的童年之梦。

呵！三月的春风吹绿了田野、唤醒了沉睡的小河。潺潺的流水啊！飞溅浪花是你跳动的音符，一路载歌奔流。清晨，我跨上牛儿，"驾"的一声长吆，踏上了春的征途……"随风潜入夜，润物细无声。"在经过春雨洗礼后枯草丛中，露出几丝青嫩。春风中，它们正贪婪地吮吸着大地的乳汁，茁壮成长！也许是触景生情吧，我不禁吟起白居易的诗作《草》——"离离原上草，一岁一枯荣。野火烧不尽，春风吹又生。"多么美妙的诗句啊！从祖辈被磨破的嘴唇上流传下来，传遍大江南北，依然隽永醇香。枝头上，偶尔点缀着几绿新芽，宛如一个个能歌善舞的艺术家，尽情地在春风中跳跃。弯弯的羊肠小道，留下了我们幼小的足印。田野上，掠过一弯弧形的身影，"唧"的一声，已停留在乐谱似的电线上。经过田野越过小桥，我们歌唱着，欢呼着……

已近黄昏，当天边还燃烧着一轮残阳，农家的烟囱里也升起了袅袅炊烟。远处的针叶林子，在霞光的照耀下，仿佛一幅用水墨渲染出来的山水画，轻轻地抹上一层金纱。"嗨哟……"伙伴们唱起了自编的山歌儿——披着金色的余晖，我们牵着吃饱的牛，踏上了暮归的小路……

叶，旺了，旺在五月；花，艳了，艳在茂密的枝头。带着希望，带着一颗颗幼小童心的呼唤，风姑娘使命般地迈出轻盈的步伐，掠过田野，越过树梢，轻轻地，轻轻地托起一个五色的风筝——升天了。大人们停住了手中的活儿，婴儿也收敛起哭声，笑了。一切烦恼与疲劳顷刻间便消失在蓝天白云之中，我也仰着头，默默地目送着风筝徐徐远去，心中充满了绮丽的幻想：长大我要像风筝一样，奔向蓝天！

秋夜，皎洁的月光柔和地抚摸着大地上的一切，也仿佛给大地洒上了一层银霜。苍穹里的星星依稀可见。远处，偶尔传来几声蛙鸣，"呱呱"地在夜空中飘荡。院子里，不时地透过几丝凉意，使人心旷神怡。爷爷又倚靠着老树，坐在那饱经风霜的石墩上，摇起了他那年代已久的扇子——"从前有座山，山里有座庙……"这故事犹如一首催眠曲，渐渐地、渐渐地依偎着爷爷，我进入了甜蜜的梦乡。离开爷爷的怀抱，时光一晃就是五六年，可那似曾遥远的故事，却永远地萦绕在我的脑海。

窗外，拂过一阵轻风。一片片落叶依依地告别了繁荣的金秋，轻飘飘地投进大地母亲的怀抱——冬天来了。南国的冬天没有雪，只有风，凄厉呼啸的寒风卷着枯叶，在天空中乱飞。蛙鸣渐远了，鸟鸣也寄着秋风，消失在孤零的枝头。只有挺立在寒风中的榆树在摇曳低语。我踮着脚跟，透过那四方的窗户，默默地注视着光秃秃的榆树，任凭寒风将思绪拉得悠长悠长……

放飞五彩的童梦，我告别了乡村生活，踏上求知的学途，而童年的故事，还有那个寻春的孩子，也伴随着岁月的脚步渐渐远去了。蓦然回首，却依稀看见一个幼小的身影仍在来路上徘徊……

编辑心语：
童年的生活是浪漫而又美好的。文章如行云流水一般，奏响了一首优美动听的音乐。

小河的歌

陈　欣

　　那儿有清新的空气、欢快的鸟鸣、整齐的田地，还有一条清清的小河。那条河清得可以见底，夏天，我就光着脚丫踩在河底的鹅卵石上，看小鱼在脚边穿梭。偶尔也有一两只小虾、小蟹，便抓回去邀赏，但最乐意的就是每晚坐在河边大榕树下听爷爷讲关于河的故事，和着它轻轻的流水声进入梦乡。

　　小时候，最盼望的事就是回老家，那儿有清新的空气、欢快的鸟鸣、整齐的田地，还有一条清清的小河。那条河清得可以见底，夏天，我就光着脚丫踩在河底的鹅卵石上，看小鱼在脚边穿梭。偶尔也有一两只小虾、小蟹，便抓回去邀赏，但最乐意的就是每晚坐在河边大榕树下听爷爷讲关于河的故事，和着它轻轻的流水声进入梦乡。小河给我的童年带来无限的快乐，它更哺育了这片土地上的祖祖辈辈，它是这儿人们的命根子。

　　童年很快就在与小河的嬉耍中过去了，我也被父母带到县城读书，每每与周围人聊天时，我总会提起那条小河，含着对它的无尽思念讲述着它带给我的种种快乐。大家都羡慕我那有河的童年，都要我带他们去看看小河，我也总爽快地答应下来。但渐渐地，别说带别人去观赏小河，连我自己都怯于回老家，看小河。为什么呢?

　　近年来，新闻频繁报道有关河流被污染的事。中国的太湖、淮河、长江、黄河；外国的幼发拉底河、尼罗河，或由于工厂污水废渣的无度排放，或由于植被遭破坏而水土流失等原因，都受到严重的污染，此外还有许多河海湖泊在不同程度上遭到质的破坏。读着这些新闻，我害怕了，恐惧全方位的降临。我不知道老家的小河现如今是什么样了，它会不会也……梦里我总看见在众多的建筑物间，瘫躺着小河，它的肌体和灵魂正在被侵蚀着，我似乎听到了小河悲痛的哀鸣声，那么沉……

但由于老家那边有位老人去世，所以我不得不回去。一路上紧张的感觉挤压着我的心脏，不能喘息。

当我踏上故土的那一刻起，我首先感受到的是老家人蒸蒸日上的生活。一幢幢洋楼耸起，一座座厂房林立，各家各户都有自来水，还装上了彩电、冰箱等现代化的设备，这一切使我感到欣慰。但我最关心的不是这些，而是童年的小河。我迟疑着，慢慢地向小河挪去，近了，近了，我闻到了清香，听见了鸟鸣，还有"哗……哗……"的流水声。"天啊！"我激动而又惊讶地叫起来，没变，还是那条小河，清清的，可以见底，有小鱼儿游，有鹅卵石，还有一颗看起来似乎更粗壮的大榕树。我庆幸小河没被污染，我也嘲笑自己多余的担心。那天下午，我在小河边玩了个痛快，仿佛又回到了从前。

后来，爷爷告诉我，小河也曾被污染过，差一点儿就成了无生命的臭水沟，但由于人们及早发觉且意识到小河是村里人生命的源泉，于是在村长的带领下，喊着"我们只有一条小河"的口号，筹集资金，对小河进行治理、改造……

那晚，我又来到树下，听着小河叮咚梦幻般的童谣入梦！

编辑心语：

细致的描写和勾画，写出了小河独有的风景和作者内心的留恋之情。文章的可贵之处在于它揭示了现在物质文明对环境污染的危害以及对人类环境保护的重要。

江南丝语

秦 婧

  我心中的"江南丝语"并非和着轻歌曼舞的丝竹细乐,而是在江南民间颇为流传的越剧。那柔美清丽的旋律一直伴随着我的童年,直到我长大……

  梦里常常神游江南,徜徉在杨柳的细密枝条之间,耳边隐约萦绕着柔美的"江南丝语。"

  我心中的"江南丝语"并非和着轻歌曼舞的丝竹细乐,而是在江南民间颇为流传的越剧。那柔美清丽的旋律一直伴随着我的童年,直到我长大……

  总记得很小的时候,爸妈总是很忙,于是便给我请了个保姆,让她天天陪着我,照顾我。我管她叫阿婆——这是上海人的叫法,因为她是上海人。阿婆那时五十出头,但由于长年奔波于生计,使她的鬓角过早的有了白雪的痕迹。我清楚地记得她有副好嗓子。她爱唱歌,尤其爱唱越剧。阿婆刚来我家,我对她很陌生。午睡时,我嚷着要妈妈,可妈妈上班去了,于是我便大哭大闹。阿婆轻轻地拍着我背,说:"阿囡勿哭,阿婆给侬唱个越剧好勿啦?"她清了清嗓门唱道:"九州洪波禹起收,越王投醪貔貅。醉后闲题桥头扇,梦醒莫望沈园柳……"

  真好听,这是我有生以来听过的最美的歌声。

  它细腻、舒缓、轻柔,有如江南烟雨蒙蒙之感。不一会儿,我便酣然入梦,伴随着萦绕在耳边的江南丝语,时有时无,若隐若现……

  和阿婆在一起是快乐的。伴随着我们的还有如仙乐般的江南丝语。渐渐地我喜欢上了它。于是阿婆教着,我学着。不久,我就能把《红楼梦》全本唱出来。妈妈现在还时常念叨,那时我一会儿演宝哥哥,一会儿演林妹妹，忙得不亦乐乎，可惜就是有点儿五音不全。可是幸福的时光总是那么短暂，阿婆的儿女要接她回上海了。记得临走时，阿婆把我抱得紧紧的说："阿囡勿哭，阿婆会常常想侬的!"我努力地克制自己，可是眼泪还是不争气地涌了出来。我目送着远去的汽车，直到它消失在地平线上。残阳如血，寒风骤起，这凄凉感伤的情景我一辈子也忘不了。

如今我还是喜欢越剧。每当优美的旋律在我耳边响起，就禁不住想起阿婆。不知她此时是否站在黄浦江畔，想着遥远的我，是否还唱着"江南丝语"呢？九州洪波禹起收，越王投醪酬貔貅。醉后闲题桥头扇，梦醒莫望沈园柳。梅子黄时雨，春草池上幽。浣沙石枕流，青藤墨迹幽。百丈龙湫千年愁，泻入鉴湖酿成酒……

编辑心语：

对越剧的记忆同样也是对阿婆的怀念与记忆，文章充满了温馨与感动。

糖　粑

吴红芳

如今，我离故乡已愈来愈远。虽在城市的橱窗里也有糖粑，还美其名曰"米糕"，却总不如乡下日子里母亲做的糖粑亲切、有味。

春节将至。在乡下，最忙的事情莫过于做糖粑了。

冬闲时节，一把把金黄的谷稗早已打进粮仓。农人布满皱纹的脸绽成一朵黑菊花。今年又是一个丰收年。村妇开始盘算今年做几斗米的糖粑，用几升小麦熬糖了。

算计好后，在一个响晴的上午，挑一担大桶去河边淘米。河里早飘浮着清脆的笑语，几双胡萝卜似的手在清水中游动。每年这天，母亲总忘不了在奶奶的唠叨声中多加几斗米。

小时候，母亲淘米，我坐在河沿石头上，吮着指头，巴望太阳快落山。太阳落山，母亲米就淘完了，我呢，也可以吃上香喷喷的糯米饭了。

好不容易挨到太阳落山。母亲把米倒进高的圆柱大蒸笼，灶膛的火光忽明忽暗，奶奶将灶沿下冻得瑟瑟发抖的我拉进怀中说："馋不死你。"

一阵阵清香终于弥漫了整间屋子。我急得口水直流。母亲总算找来两个身强力壮的本家叔父，费力地将大蒸笼从锅上端下来，把盖一拉，然后往早已备好的竹筐中间一扑，一股灼热的白气四散出来，再一提蒸笼，白花花的糯米饭如断墙般噼里啪啦塌在竹筐上。我们姐妹几个一屁股坐在早就端来的小凳上，在昏黄的油灯光里围着竹筐狼吞虎咽。

第二天，母亲把糯米饭装在竹筐里拿出来晒，直至干得不能再干才拿回来炒，即是炒米了，我们又可以美美地吃上一顿。

年关一天天近了，母亲又着手熬糖。先把小麦放在暖和的地方，待到深红的麦粒顶部钻出一根嫩嫩的白芽，就把它们倒在锅里和着糯米、水一起煮。等烧开水，就把糯米、麦芽捞起装在一个布袋里，在锅上扛一根扁担，大人将布袋搭在扁担上使劲儿拧，淡黄的液体从布袋里挤出来，顺着扁担流进锅里。娘说："这就是糖了。"我高兴得舀了满满一勺往嘴里倒。"娘骗人，一点儿都不甜。"此时，娘的眼泪都笑出来了。

汁液全部拧出来后，就架起桩烧。烧开了，减火；冷了，添柴。淡黄的汁液渐渐变成深黄色，我急得不得了。站在灶边一步也不离开，眼睛紧紧盯在锅里。大人稍不注意，就拿起竹筷伸进锅里搅一下，拿出来舌头一舔："呀，还真有点儿淡淡的甜味呢。"

从日出等到日落，上灯了，仍不肯离开灶台。我呵欠连天，还不愿睡觉。母亲说："你去睡，等糖熬好了，我叫你。"我才恋恋不舍地离开。末了，还不忘望一眼锅里深红的、黏稠的液体，抹一口口水。上了床，久久不愿入睡，不停地问母亲："怎么样了？"

次日早晨醒来，才想起昨天晚上没吃糖。眼眶早红了，委屈的泪水直打转转，就是掉不下来。憋了一肚子气到厨房兴师问罪，母亲正从锅里端出一碗红得发黑的糖浆。听母亲细致地描述昨夜多么晚才将炒米、糖浆往黑木格里塞，隔壁二奶奶切的糖粑怎样好，油灯是如何的昏暗，一滴泪珠竟从小酒窝边滑进糖浆里。

如今，我离故乡已愈来愈远。虽在城市的橱窗里也有糖粑，还美其名曰"米糕"，却总不如乡下日子里母亲做的糖粑亲切、有味。

唉，乡下孩子的糖粑，最先带给我过年滋味儿的糖粑……

编辑心语：

记忆总是通过一定的载体表现出来，作者写糖粑，同样是写母亲和自己的童年。

第五章

素年锦时，淡看人生

　　生活就像是书的两面，一面是喜，一面是忧；一面是苦，一面是甜。人生亦莫过如此，我们无法选择生与死，然而我们可以选择怎么活。每一次不同的心情，看到的也将是不同的风景，用欣赏风景的心情迈开每一步，将点滴收起，感受每一次精彩。

石 悟

张 翔

最后一枚秋叶，悄悄地走过他的身边，远去了，只怨今生无缘，却盼梦儿常圆。

东吴人氏陆绩一生清廉，离任姑苏时，因物少舟轻难敌风波，遂从岸边取一石镇舟行，谓之谦石。

青石板长街曾炫耀过多少荣归故里的辚辚车马，古运河的缆桩，不曾挽住多少荣华富丽的官船，翠袖三千楼上处，黄金十万水西东，曼歌轻舞，琵琶轻咚，山石玲珑，草木含情，留下了众星捧月般森严的府宅，华贵的庭院。

只有这一块石头不曾在风风雨雨中锈蚀，它无悔无怨。

石头的主人早已走了，没有带走一丝云彩，也没有留下一块嵯峨的牌坊，但后人总记得那芳草青青的地方，有一块石头成了一种高洁而淡泊的人格，站成了一道不朽的长城，一个神圣的例子。历史的长风，悠远地传送着生命的苍翠。

这块石头不像虎丘人石那样具有传奇色彩，也不像留园云峰那样罕见，它朴实如泥，平淡如烟，但面对沉默不语的廉石，一颗不洁的灵魂，又会怎样的震颤！

石头无疑是有灵性的，不然为什么年年苔色如新，阳光斑斓，石也是有尊严的，不然为什么还像它的两袖清风的主人，风雨中一样坦然。

多想变成一丛微不足道的小草，一往情深地陪伴着它，从坚毅的石纹里汲取正直不变的信念。

苏州西郊岩山有一翘首人形石，人称"痴汉等老婆石"。

说不痴其实也痴，何苦把思念积压得如此沉重。如此凄怆，期待一个匆匆离别的女子。风里雨时站了半个世纪，潇潇秋风挟几张枫叶，是他哭红的眼睛，石纹斑驳裂出一条条裂痕，无望地跌落绿水青山间。

五百年沧海桑田，顽石长满青苔，惹花的蝶儿挑逗地追来飞去，三月里桃花雨纷纷，他苦苦地恋着，将出血的心交给一缕清风，一缕云彩。

也许，他要期盼的那一丝白云从此再未飘过葱郁的山顶，也许，她真的到来又会消磨原有美的梦幻，也许，她和他原是不可相交的两条直线偶尔交合一下又匆匆分开，那又有何妨，只有一颗心儿未死，变成了惊心动魄的传说，又有几分悲壮的色彩。

最后一枚秋叶，悄悄地走过他的身边，远去了，只怨今生无缘，却盼梦儿常圆。

编辑心语：
从一块石头中顿悟出来的是两袖清风的高风亮节，文章充满正气。

生命繁茂

盛晓丽

冬去春来，一转眼夏天也已来到，我们的窗前又有了一片繁茂的绿。然而，像去年一样，还是没人知道第一星绿是何时钻出来的。

记不清窗前那片绿影是在去年哪天傍晚消逝的，也不知道这丛油绿是在今年哪天清晨钻出第一根新芽的。我只知道那一盆吊兰，是去年学校建设文明寝室时室友们一人一捧土扶起来的。

那时，她还是一根独苗，瘦瘦黄黄的，看见她只能让人想起没娘的孩子。那一天清晨，八位姐妹还是用几捧土将她的根埋在花盆里了。我们把她当做一棵小草种下了，但是，草，毕竟也是有生命的。

从那天起，506寝室的窗前多了一棵"小草"，正像一首歌里唱的"没有花香，没有树高，我是一棵无人知道的小草"存下来了，而且一天天变绿、变肥、变茂。当又一个清晨，一室友惊喜地叫起来："啊！真是太动人啦！"大家欣喜地发现：原来这是一株吊兰。

昔日的那棵瘦弱的"小草"已消失了，盛在那只花盆里的是一片油油的绿意。一片片窄而肥厚的叶子挤在盆里，成了一簇；一根根柔而韧的茎挑着一团团细而密的小嫩叶，为她更添了几分雅致。

从那天起，以前死气沉沉的寝室开始有了一点生机。尽管仍旧没人刻意地照料那株吊兰，但她还是孤单却不寂寞地向我们展示她蓬勃的生机，也还是一如既往地维持着寝室的欢乐气氛。

直到去年严冬来临前的一个傍晚，我们隐约感觉到空气中少了点儿什么，当发现那棵吊兰真的成了几根枯草时，我们不禁惊醒：原来就是这小小的生命曾经那样深深影响着我们，控制着我们，我们的心不禁失落，惆怅起来。

最怪的是：那个冬天似乎特别冷。

冬去春来，一转眼夏天也已来到，我们的窗前又有了一片繁茂的绿。然而，像去年一样，还是没人知道第一星绿是何时钻出来的。但是我们却知道：

生命，是在早晨开始的。

编辑心语：

生命的枯荣是由季节来调试的，感悟生命同时感悟人生。

静夜随想

李坚凤

人生苦短，路途坎坷，地平线总在遥远的地方。夜正静，万物都在黑暗中积蓄力量，等待着萌发生机的降临……

夜，很深、很静；风，很轻、很柔；月，很高、很亮……

我独在这寂静的夜晚，沐浴着清凉的晚风；望天空，望星星，望远处的灯火，任自己的思绪放飞，于是想象的翅膀在空中飞翔，过去的一幕幕又展现在眼前。每每从父亲粗糙大手中接过那沾满汗水的钞票，听着父亲那平实又富于哲理的话："好自为之，别对不起自己。"这时我的心总是一阵发热，但只过几天，心里有的一丝余热又会跑到九霄云外去了。而父亲那沟壑依然匍匐在额头，我的日子却轻描淡写地记在日记里，随便锁在抽屉中，虽然每次踌躇满志，轰轰烈烈地开始，但每次却又总偃旗息鼓于无奈的懊悔中。

也曾学别人深沉，可却深沉得寒碜；也曾学别人圆滑，可却圆滑得干瘪；也曾自以为自己才华横溢，然而现实却使我自惭形秽。随着岁月的流逝和现实的不尽如人意，我不再羡慕别人的聪明才智，而是多了几分前进的压力与成熟。

我知道，人们都有一条相同的路要走，但每个人却注定走不同的方向，不同的里程。因此年轻的我不再刻意模仿别人的潇洒，过去就让它随风而去吧，无论是鲜花还是荆棘，如同这夜霭将随太阳的初升化作历史的音符。

此时，午夜的钟声在耳畔回荡，一声声撞入心坎，一声声都有紧紧相随以一种不可阻挡的态势撕破了这夜空的静谧：在瞬间，我如梦初醒，我属于自己，我永远不会失落自己而去，悲叹流逝的岁月和过去的幼稚之举，徘徊于昔日的失败之中。我会树立更高的理想，寄托更大的期望投入新的挑战中，也许会没有结果，但再高的山挡不住我理想的翅膀，再深的海也淹不没我信念的船帆，因为我不求功名利禄，只求此生无悔，不求有惊天动地之举，只求实现父亲那句"别对不起自己"。我坚信，只要奋斗，就会有收获希望的明天。

人生苦短，路途坎坷，地平线总在遥远的地方。只要我不断地走，勇敢地奔，仔细品尝路途的甜辣，认真吸取成败之所因，相信成功的彼岸就在眼前。

夜正静，万物都在黑暗中积蓄力量，等待着萌发生机的降临……

编辑心语：

在静静的夜晚，灵魂像火狐一样在雪地里穿行，悟出了许多难得的人生真谛，催促自己不断去奋进。

素描和人生

杨 雪

其实人生犹如一幅画，每个人都有掌握自己命脉的画笔，在空旷无际的空间中，描绘着未来的蓝图。

静坐桌前，一张纸，一支笔，几个静物和一盏灯，这就是我的"道具"。我心情平静地坐下，微笑着拿起笔，仔细观察着，那静物轮廓分明，加上一点昏暗的灯光，便投出一片影，我开始握笔，在纸上绘了个中轴线和底线，小心翼翼地画着，不一会儿，便出现"一群"方方圆圆的轮廓，我又在圆上略加几笔，留下一个亮点，平面的变成了立体的，活生生跃然纸上了。

其实人生犹如一幅画，每个人都有掌握自己命脉的画笔，在空旷无际的空间中，描绘着未来的蓝图。这支笔描出的每一根线，犹如一条人生轨迹就此铺开，社会就像那些静物，如果你把它们描绘得很好，那么你的人生就不会虚度。人的一生还像那个圆，有时只需用寥寥几笔便会使你一鸣惊人。但别小看这几笔，它们的分量可不轻，如果把握不好，只是一个平面而已，永远不会发生质的飞跃。

我喜欢素描，它不加一分彩色，只有一支笔可以掌握，然而成品的线条中粗犷、细腻无不兼得，豪放中又透出几分玲珑。更奇妙的是它只用一支笔却可以画出无数种不同的颜色，它们有深有浅，错落有致，不但无纷乱之感，而且还层次分明。我着实仔细欣赏了一番，同时作者的那份技艺更令我赞叹不已。我喜欢那分明的轮廓，那一排排又细又密的线条，它们无不展示出美和一种内涵，深深的使人无法捉摸，而且还透着几分神秘。

人生何尝不是如此？每个人的性格不同，则其作品也不尽相同，他们自己描绘着已经走过的路和将要走的路，毫不懈怠，也不停息。他们不愿赞扬别人，只会欣赏自己，他们深知别人的再好，永远也是别人的，自己的也许不如别人，但却是自己的双手创造的，艺术的美感和智慧的结晶使它成了"无价之宝"。人生的画纸很大很大，人生的画笔很轻很轻，然而人生的轨迹却很难铺开。每个人都希望自己的人生犹如一幅画，经过智慧与汗水最终大放异彩。但也有些人弄巧成拙，只因一笔之失，轻则使美玉上留下一块瑕疵，重则将会使一幅饱含心血的画成为废品。但害怕失败的人是永远不会成功的。

朋友们，勇敢地拿起自己的画笔，不要害怕自己的作品只是灰蒙蒙的一片，毫无内涵。黎明前是最黑暗的时刻，冲破这个黑暗，去迎接黎明，用量的积累去换取质的飞跃吧！让自己的人生美丽如画。

编辑心语：

人生就是一个涂抹画卷的过程，就看你怎么去把握。作者行文洒脱，语言轻松明快。

生命如焚

蔡海燕

是的，我该微笑着看待自己的生命，像最常见的芥草般，我或许平凡，但绝不平庸；我或许无为，但绝不无能；我或许只能守着这一方净土终其一生，但绝不是井底之蛙痴想为所不能及的世界。

说起种含羞草，我委实有一番经历。先说买的幼苗种吧，第一次因疏于管理而过早萎蔫了；第二次却恰恰因过于管理而烂了根，没几天也化作春泥了。于是索性撒了些种子，自以为这样便免了含羞草儿"搬家"之苦，它定会"尽心尽力"茁壮成长。然而，我望穿秋水等到的却是疏疏的几根嫩草，在黑黑的泥土的映衬下显得分外"荒凉"。出于狭义美的偏见，我渐渐放弃了那种不出含羞草的花盆，连带那些芥草也饱受我的偏激自生自灭去了。

后来，朋友从远方邮来了包裹，是"稻草人"，说是用水滋养几天便会在头上萌发出幼草来。他说："送给你最平凡的生命历程。但愿你能在平凡的世界里体会到生命的真谛……"

生命的真谛？难道生命真谛是追求美、创造美、体现美的过程吗？如若不是那又是什么呢？我忽然想起了那阴差阳错取代含羞草萌发在我精心照料过的花盆里的草，大概还是疏疏的几根吧——天知道，我竟吝得不曾再去瞧它一眼。我的心里顿生许多歉疚。

此后，我开始给它浇水了，而且总会耐心地让水慢慢渗透泥土的深处。那些草儿也回应似的伸直了腰杆，尖尖的绿芽迎着初升的太阳，像新生的力量挣扎着汲取天地之精华，生命刹那间变得顽强起来，精神起来，充实起来了。于是，在草儿茁壮成长的同时，我原本条条框框的生命概念逐渐瓦解了。我常常会感到有一种奇异的力量渗进我的血管，像被一阵激越的弄潮团团围住，它回旋我也回旋，它奔涌我也奔涌，每个细胞和毛孔都像从睡梦中觉醒，在准备着迎接一个崭新的自我！生活也如鼓起的风帆，涨满了希望和激情。

而今，盆里的草是密密麻麻的一大片了，每当微风拂过，它便会一股脑儿地顺风伏了下去，而又立刻弹回到原来笔挺的模样——我真的被感动了。这些绿火般旺盛不竭的生命燃烧到了我年轻的心里。我想我得感谢上苍，让某只鸟儿衔来它的种子或是让某阵风一路送它来这里安家。不过，这些似乎都不重要了，重要的是含羞草被活生生地"比"了下去。在物竞天择的自然规律下，究竟演绎了怎样的一个进化过程呢？也许开始的开始，含羞草是和野草同根生的，它也一样能在丰富的生活资源中安享生活的乐趣，或是在恶劣的生活条件下凝聚所有生的希望，穷极一生如死亡搏斗。然而在进化过程中，含羞草最终和野草分了根，它的怯弱逐渐变成了羞涩，于是被定了"含羞草"这个名儿，习惯享受人类给予的欣赏目光和人为的温室空间。但正如孟子所言"死于安乐"，一旦野性的同伴与之在同等条件下抗衡，它得以自恃的优点顿时成了致命弱点，它无法也无力去争夺什么，最后只能落得失败这个结局。我不愿再以含羞草的怯弱来偏袒这虚化了的生命，而是带着崇高的敬意看着野草的生长。它只需我在多日的干旱之后浇点水，或是在阴雨季节挪点儿位置。它没有引人入胜的华美的外表，也没有博取人类同情心的娇弱，它有的只是勇敢地面对自然顽强地生活，让生命不虚！

啊，这才是真正伟大的无须雕饰的生命！发现我原先许多怨天尤人的牢骚都太乏力了，像含羞草般只能在寂寞铺成的小径上徘徊，一旦遇着绿色的希望便成了可怜的奴仆。甘愿为生活打拼，甘愿去和命运较量！生命，何其宝贵呀！这不只是因为它对每个人来说只有一次，更因为它的本身便是热火，燃着正义，希望和力量，永远激励着人们向理想世界更上一层！

原来，真正的生命从一开始就是奋斗。像火一样从星星点点到逐渐旺盛，需要同阻碍它的一切斗争。于此，便演绎了一曲生命之歌，响彻每个觉醒的人心中，成为永恒的美丽！

是的，我该微笑着看待自己的生命，像最常见的芥草般，我或许平凡，但绝不平庸；我或许无为，但绝不无能；我或许只能守着这一方净土终其一生，但绝不是井底之蛙痴想为所不能及的世界。我可以奋斗，可以充实，可以用自己的双手美化自己的生命，野草的韧性便会激励着我前行——啊！我的生命在这里歌唱，我仿佛听到世纪老人的呼唤，历尽沧桑的旷远的回音层层围住了我。而我，正面向着未来，因为那儿才是我的角逐地——啊，飞翔吧！梦的羽翼装扮了我的理想世界，我将迎着风高飞！当祖国需要我时，当人民需要我时，我将义无反顾地投身到烈火狂涛中。我坚信，我的生命火花也终将在烈火中得到永生！

编辑心语：

作者希望做顽强的野草，参与激烈的奋争中去当弄潮儿。文章主题鲜明，语言铿锵，逻辑辩证。

无名花之歌

明　菲

　　花虽然不大，但非常精神，在短小的绿叶映衬下，显得格外美丽动人。我真想不到它能活下来，这需要多么顽强的生命力啊！

　　我向来瞧不起那些生长在田野里的无名花。在我看来，它们既没有美丽的姿态，又缺乏诱人的芳香；既比不上婀娜多姿的水仙，也比不上高贵典雅的玫瑰，更比不上雍容华贵的牡丹。然而，今年暑假中的一段生活经历，改变了我的看法，并促使我提笔写下这一段思想感受。

　　今年暑假，我去外公家住了一个月。外公是一位酷爱养花的老人。在他的院子里、阳台上，到处都摆满了各色各样盛开的鲜花，有月季、水仙、牡丹、君子兰……可谓百花争艳，万紫千红。外公把各种花的名字、特点、主花期告诉我，使我懂得了许多课本上学不到的知识。外公还教我怎样护养鲜花、什么时候浇水、什么时候施肥等等。他有时外出不在家，我便担负起护花、养花的责任，俨然是一位小园丁。

　　这一天，我忽然发现花群中多了一棵小草。它只有几片短短的叶子，一朵花也没有。我想，这大概是花土中埋进了野草种子，我便一手拔出来，扔到墙角去了。一会儿，外公出去散步回来，他一边哼着小曲，一边欣赏着自己栽培的花。忽然，他像是发现了什么，问我：“菲菲，怎么少了一盆花，谁拔掉了？”我漫不经心地说：“外公说的是那棵野草吧，咦，我扔在那儿了？”外公像是对待一件贵重的东西一样，小心翼翼地捧起那棵野草，重新栽入花盆。“你不要小看这棵无名花，它很不简单哩。”我“扑哧”一笑：“一棵野草有什么不简单的。我已经连根拔出来了，准活不成了。”外公摇摇头：“那可不一定，不信？咱们走着瞧！”说完，进屋看报纸去了。

我根本没把那棵野草放在心上，浇水的时候，偏不给它喝。一周后，外公早早起来摆弄花。只听见外公叫我："菲菲，快来看，无名花开花了！"我勉强睁开惺忪的双眼，透过玻璃窗，我看见外公捧着那棵野草让我看。果然，这棵不起眼的野草，竟然开出了两朵鲜艳夺目的花。我一骨碌爬起来，跑出屋去观看这棵无名花。花瓣并不大，但红红的颜色凝重欲滴；用鼻子一闻，有一股淡淡的清香，这是我从未闻到过的一种香气。花虽然不大，但非常精神，在短小的绿叶映衬下，显得格外美丽动人。我真想不到它能活下来，这需要多么顽强的生命力啊！一股敬意从我心底油然而生。"外公，田野里有很多这样的无名花吗？""是的，这些花都很美，只不过没有名字罢了，人们也不怎么注意它们。"我从外公手中接过花盆，蹲下来仔细观察它。我想了很多、很多……

编辑心语：

无名花所受到的呵护最少，却依旧绽放出了美丽的花朵，足见其生命力的顽强。文章寓哲理于平凡而生动的故事中，收到了很好的效果。

生命的触动

吴纯青

生活中的小事点点滴滴，有些很快随风逝去，而有些却触动了我们的心，留在了记忆里。

月夜散步听见清脆的鸟鸣，于是写下《月光与鸟鸣》；看见戴着老花镜专注地补衣服的老祖父，不禁湿润了眼；深冬时节为我垫了五角钱的男孩，竟不知姓名……生活中的小事点点滴滴，有些很快随风逝去，而有些却触动了我们的心，留在了记忆里。我喜欢这份触动，也感激这份触动。

记得一位哲人曾说过，如果生活中没有东西能让你触动，那么你也不值得他人感动。的确，没有一份触动一份探寻的思考，就不会有感动，不会有激奋，不会有理解，更不会有许多的人间至情。一份完整的生命少不了触动。

触动是发现生活的眼睛，它帮助我们寻找体味真、善、美。正如那月光鸟鸣的凄清，那白杨树冬天里的嫩芽，还有那个为了我垫钱的孩子。他们的真与善，激动着人们心中的情感，让人们发现美的同时更学会了美。其实，发现美并为美所触动，其本身就是一种领会、一种理解，它基于人的思想认识与潜意识中的道德观念。因此，培养人的一种对真善美的感情即是一种对自身思想与情操的完善与陶冶，正如罗丹所说"生活中不是缺少美，而是缺少发现美的眼睛"。

触动、理解构筑了思想上的基础，其势必影响着人们的外在言行。如果你是一个善于发现并乐于接近美与善的人，那么，你自会在生活中保护并创造美与善。触动于祖母的白发，必会有尊老的行为，感激于孩子的五角钱必会在别人受困时献上你的帮助。你是自觉的高尚者。相反，不会触动不懂得触动的人，自然不能理解这些，没有触动就会淡漠于外界的存在。忽略了别人的结果只能固守着自私的庄园。缺少了诗人的感慨，缺少了学者的哲思，缺少了感激与触动，这样麻木的世界，我们不可想象。

触动是一种发现，于人于自然；触动是一种感激，于理解于关怀；触动更是一种动力，于思想于志向于行动。总之，我们的生命少不了触动，是触动让我们记住过去，体味现在，憧憬未来。

编辑心语：

总有一些东西在感动着我们的心灵，让我们的心灵充满着温情。作者思想成熟，语言简洁明快，读起来朗朗上口。

黑白人生

晓　云

人生和围棋一样，处处都蕴涵着深奥的哲理，需要你细心地体味和领悟。当你融入人生的棋境中时，要有全部的付出与超脱，宁静与淡泊……

闲暇之时，约挚友一二，择一净地，品茗对弈。平心静气地徜徉于黑白人生，亦不失为一种高层次的娱乐。

围棋中孕育着深刻的哲理。有时看似平淡的一着，却有雷霆万钧、石破天惊的威力。每个棋子都包含着一种重大的选择。"举手投子"之间，局势便大为改观，成犄角之势，有变幻莫测之机，令对方难辨虚实。有时候，一念之差，一子之错，便令你优势顿失，一切努力都付诸东流，最终饮恨败北。

下围棋也是智能的较量。你必须透过黑白迷雾，拨云见日，窥见其中的真正奥妙。该夺的就夺，该取的就取，丝毫不能含糊。

在围棋中想获胜就必须学会弃子。当你被对方的重兵包围之时，孤军奋战仍难逃被歼之厄运，这时你应该雄视天下，放眼全局：你不妨另辟天地，重占要地，据险固夺，说不定局势便由此改变，你会转危为安。这正如某些时候，我们只有很好地放弃，才能更好地开始。

善于对弈的人大多都懂得人生的奥妙。下围棋时应抓住时机，就像人应抓住机遇一样。机会稍纵即逝，你倘若抓住它，可能别开洞天，雄踞一方；反之，就可能因此局势骤变，满盘皆输。

富于变化是围棋的特点之一。同样的黑白棋子，两种落子便是两种截然不同的局面。有的人善于择险据守，有的人则擅长扩充地盘。不管怎样，你都应以大局为重，切忌贪多任性，乱杀一通。什么时候攻，什么时候弃，必须清清楚楚。

人生也正如围棋，其中蕴藏着无穷无尽的变化。有的人在一日之间暴富，有的人却在一夜之间沦为乞丐。人生的机遇需要自己不断地开拓、创造。山重水复，柳暗花明，一切只有你自强不息，认真辨别，才有可能在生活的激流中站稳脚跟，走上坦途。

围棋就如人生，它需要冷静的头脑和睿智的眼光。下棋时你必须不为一时的得失而大动干戈，正如生活中你不应为一时的名利而误入歧途。

人生和围棋一样，处处都蕴涵着深奥的哲理，需要你细心地体味和领悟。当你融入人生的棋境中时，要有全部的付出与超脱，宁静与淡泊……

编辑心语：

棋如人生，黑白分明，关键时刻我们要走好每一步。文章语言明快，哲理深刻。

落花吟

　　云卷云舒，花开花落本是世上的常事，世上无开不败的花，实在不该盯住残红片片去徒作感慨，毕竟泪水没有落花还枝的神奇功效。既然花落是无可奈何的事，何不用一种坦然一种豁达去看待它。

　　一夜狂风暴雨，想来院落中不会再是海棠依旧了吧。真希望有人能重复卷帘人善意的谎言，明知是谎言也心怀感激。

　　爱花大都成癖，而我书癖犹胜于花癖。昨夜，雨打南窗时，我正捧着一本《宋词精选》读得如痴如醉，独忘了凄风冷雨中，海棠也逃不过绿肥红瘦的命运。我这粗心的育花人，非但不提灯照红装反而让它遭受厄运。

　　打开窗子，一眼就望见了海棠，昨夜初绽的那片嫣红确实消瘦了几分，地上落红遍撒犹如彩蝶栖落，片片冰肌玉骨，不着一粒尘埃，确有"质本洁来还洁去"的风范，也恰应了"花后雨，又是一番红素"的妙词，只可惜落了枝的花再也不能重现嫣然了。

　　望着片片落英信步走出房门，心里不禁一丝伤感。难怪昔日林黛玉要埋葬她的芳魂；难怪当初易安要吟哦"满地黄花堆积憔悴损"；难怪旧时晏同叔要感慨"无可奈何花落去"。想到此，望着这些昔日曾经美丽过的生命不禁黯然神伤。

　　突然，海棠枝上一个初绽的蓓蕾吸引了我，雨水的润泽使她显得分外娇艳，分外婀娜，大有临风而绽的仙姿灵骨，"好美!"我不禁赞道。刚才只顾赏落花而忽视了这一新生的生命。在她绚丽的感染下，刚才的失落一扫而空，甚至连自己也觉得好笑。

　　云卷云舒，花开花落本是世上的常事，世上无开不败的花，实在不该盯住残红片片去徒作感慨，毕竟泪水没有落花还枝的神奇功效。既然花落是无可奈何的事，何不用一种坦然一种豁达去看待它。虽然生命短暂，毕竟美丽了一瞬，凋落后又有什么可叹，花落纵然凄楚，纵然冷寂，也无须望花而悲，花本无悔，人又何必，感花伤花是俗人无味的伤感，看来我亦不能免俗。

落花有什么可悲，即使堆积成冢，也曾留下桃红柳绿的印迹。

编辑心语：

文章开篇点题，作者旁征博引，语言畅快流利。通过落花的描写表达自己乐观向上的心态。

生命之恋

走出很远，我开始不安，我怎么能将一个弱小的生命弃之不顾？于是，我跑回那块草地，来到白蝴蝶跟前。我还未站定，那白蝴蝶振动羽翅，它飞起来了！它感谢似的在我前面转了一圈，然后便飞走了。阳光，为它翩翩的身影戴上了一个七彩光环。

刚下过雨，空气仿佛也给洗过了似的，格外清新，明镜似的蓝天上已露出太阳灿烂的微笑。我想出去散散步。

碧绿的青草地留下了雨姑娘的馈赠，每棵草的尖上都挂着一颗晶莹透亮的"水晶珠子"。碧叶轻摇，珠子便微微颤动，把映照的阳光幻化成赤、橙、黄、绿、青、蓝、紫，那珠子便像一盏旋转的舞灯。

那水坑旁边是什么东西？白色的，是纸片吗？现在没有风，它却怎么轻轻颤动？我俯下身子，原来是一只白蝴蝶，浑身湿漉漉的，两扇翅膀一张一合，颤悠悠的，但那翅膀上黑芝麻般的点子却还那么清晰。它的两只触角微微抖动，似乎在观察着周围的动静。其实，即使周围有什么敌害，这可怜的白蝴蝶也只能坐以待毙，它那两扇沾满水的翅膀根本飞不起来。

我仿佛看见了那只来不及躲雨的白蝴蝶：大雨狠命地下，白蝴蝶拼命地飞。雨点施着淫威，敲打着白蝴蝶的翅膀，想将它打落以显示自己的威风。白蝴蝶为了生存，它必须找一个避雨之所，它使出全身力气与雨点抗争，但它毕竟太弱小，哪敌得过大雨的力量！终于它被打落在这个水坑里。白蝴蝶并没有气馁，它伸出丝一般的细脚爬出了水坑，也耗尽了最后一丝力气。

我被这弱小的白蝴蝶的勇气震撼了。它是如此柔弱，以致我一个小小的手指便能夺走它的生命；然而它又是如此顽强，大雨的淫威也没有使它屈服！这是一种多么可敬的精神！它让我懂得了生命的真正内涵，它让我充满力量，充满了与困难斗争的勇气。

我轻轻托起它，它似乎抖得更厉害了，是害怕我吗？你别怕，可爱的白蝴蝶！我把它放在一块向阳的草地上，让它沐浴这灿烂的阳光，然后我便悄悄离开了。

走出很远，我开始不安，我怎么能将一个弱小的生命弃之不顾？于是，我跑回那块草地，来到白蝴蝶跟前。我还未站定，那白蝴蝶振动羽翅，它飞起来了！它感谢似的在我前面转了一圈，然后便飞走了。阳光，为它翩翩的身影戴上了一个七彩光环。

我久久地伫立着，为那只白蝴蝶祝福！

编辑心语：

白蝴蝶展现在我们面前的是一个硬汉的形象，我们人类又何尝不需要用顽强与命运抗争呢？文章故事性强，哲理深刻。

6

CHAPTER

第六章

流光里的岁月

有些事有些物，不是说我们不要所以丢掉，而是它自己一点一点，一丝一丝的慢慢消磨殆尽，直到某一个点来临，我们忽然就心痛的发现——不再，因为时光不曾静止。然而那些美好，在流逝的岁月中慢慢沉淀，最终化作那厚重的记忆，永藏心间。

楼上人家

吕倩倩

李叔叔的"音乐生涯"就此告一段落，我们楼道里又平静下来。大家各干各的事，也就把他淡忘了。偶一天，我闲着没事去看他，他觉得李龟年这个祖先怕是认错了，又改认了诗仙李白，每天饭必沾酒，喝得烂醉，大概是想成为一个酒兴大发的诗仙了……

最近从我们家这幢楼上出来的人，个个都像着了魔似的，嘴里都哼着流行歌曲。这主要是受了楼上李叔叔的"熏陶"。

李叔叔貌丑，且奇瘦，自称是唐代乐师李龟年的第一百零八代子孙，于是雅兴大发，立志继承先祖，做一名红得发紫的天皇巨星。无奈歌手要有天赋，可他天生一副公鸭嗓，漏风嘴，唱歌实在令人不敢恭维：半眯着眼，浑身上下一抖一抖，自我陶醉，对着麦克风杀猪似的乱吼，让人毛骨悚然，寒战不已。一首歌唱罢，全楼只剩他一人了。后来算他有自知之明，改行去当幕后英雄，作词、作曲。

前几个月听说他谱了一曲摇滚，我这个发烧友忙把谱子借来一睹芳容，这可是他的处女作，我不看则已，一看真是惨不忍睹——前奏是杰克逊的《鬼怪》三至五节，尾声是"动力火车"的《背叛情歌》中一段。中间插一段《给我感觉》，接一段《爱的初体验》，不伦不类的，简直是一盘散沙，有损音乐形象，他丢尽了面子，又作词一首，自夸是"前无古人，后无来者"的旷世奇作，我忙近水楼台先得月，哇！《心太软》成了《心真狠》，是《归去来》成了《归来去》真让人哭笑不得。劝他一句："别玷污了音乐本质，你根本不是这块料。"他居然也明白了，决定"痛改前非"当一名音乐欣赏家。

欣赏音乐是没出丑，不过大家就惨了，每天至少要听半小时所谓音乐。写作业时，睡觉前，"音乐"时时伴左右。只好再去劝他："'忘'字心中绕，前缘尽可消。"他仍执迷不悟，最后不得不求他"救人一命胜造七级浮屠"了。

李叔叔的"音乐生涯"就此告一段落，我们楼道里又平静下来。大家各干各的事，也就把他淡忘了。偶一天，我闲着没事去看他，他觉得李龟年这个祖先怕是认错了，又改认了诗仙李白，每天饭必沾酒，喝得烂醉，大概是想成为一个酒兴大发的诗仙了……

编辑心语：

作者笔下的人物形象鲜明，而且语言富有情趣，夸张的笔触显得轻松自如。

寝室的故事

张 琳

"谢谢你们不计前嫌，送衣服上去。"八个女孩异口同声道，递给男生们满满一罐小巧别致的星星。"这是我们昨晚叠的，一共365颗，代表每天一个祝福。"衣服，不是扔到垃圾堆里了吗？男生们你看我，我瞅你，最后把目光盯在依旧躺在被窝里装睡的室长身上。

一群女孩住在了一群男孩的楼上，男生们从此不必买闹钟。

启明星还未隐退，雾气依然，女孩们的皮鞋已经在天花板上节奏零乱地踏响。时而小夜曲的轻盈，时而交响乐的雄浑，没办法，楼下的男生只得忍着头痛欲裂穿衣叠被了，一时哈欠连天，连窗子都震得"咯咯"响。

很荣幸，在烈日高悬的艳阳天，男生们却能心有余悸地欣赏窗外的雨景。小雨轻柔，大雨滂沱，从天而降的瀑布令人惊胆战。晾着的衣服干了又湿，湿了又干，男生们只得自我安慰，衣服多洗几遍，总会干净点。

女生住楼上，男生们再也不敢聚在走廊里纵情高歌了，不然楼上丢下来一句话定羞得你一个月不敢开口。

"哎哟，是谁家的牛撒着欢儿从这山跑到另一山？"瞧，女孩儿的嘴比刀还刻薄。

女生住楼上，没收音机照样能听夜话节目到十二点半。这对于失眠者是最最温馨的享受，于瞌睡者则是近乎残忍的折磨。于是失眠者每晚聆听，瞌睡者则扯了棉絮塞了耳朵。天长日久，不觉大叹：哎，冬天咋过？棉被已被撕出一个窟窿。

忍耐是有限度的，战事开始不断。先是唇枪舌剑，后是大动肝火。

有男生若敢把头伸出窗外呵斥，就有女生敢把满满一盆肥皂水准确无误地泼到这颗愤怒的脑瓜上，名曰降降温。

那天风来得急，整幢楼在呜呜声中似乎都摇摆了，黑黑厚厚的云漫天压过来，树叶、纸张打着旋儿弥漫了天空。高高楼上，五彩的衣裙开始打旋，开始飘飞，开始降落，最终摔在了男生们晾衣物的铁线上。

"能报仇雪恨啦！"第一个发现这个喜讯的男生兴奋地大叫，所有的男生吼起来："老天有眼！"

短而小的内衣，花花绿绿的裙子，统统被塞进了塑料袋。"扔到垃圾堆去！"男生们齐嚷。室长担此光荣而艰巨的任务，扛着袋子走出去。

风停雨住夜黑。楼上的女生们空前吵闹地闹了半宿，像在商量什么重大的报复计划。楼下的皮鞋响了，楼下的男生们也一股脑儿地蹿起来——得赶在女生们前面去老师那里认错。

匆匆穿戴好，打开门，呆了：门口亭亭玉立着八位女孩，个个满面羞红，艳若桃花。男生们大惊：怎么，杀到寝室来了。

"谢谢你们不计前嫌，送衣服上去。"八个女孩异口同声道，递给男生们满满一罐小巧别致的星星。"这是我们昨晚叠的，一共365颗，代表每天一个祝福。"

衣服，不是扔到垃圾堆里了吗？男生们你看我，我瞅你，最后把目光盯在依旧躺在被窝里装睡的室长身上。

"还不快接礼物。"室长扮了个鬼脸吩咐。

哦！……

自此天下太平，友爱异常。

编辑心语：

校园寝室是一个社会的缩影。作者善于抓住日常生活中的平凡故事，进行挖掘。文章情节设置巧妙，语言轻松活泼，主题积极向上。

寝室里的兄弟们

徐笑三

根据我本来的估计，这两个对门的寝室应该是打成一片，结果不出所料，真是打成一片，可惜是打架打成了一片。

开学伊始，我身为走读生，对寝室生活有着本能的向往，认为寝室之中除了住的人正常，其余都不正常，于是对于非常事物向往的好奇心，促使我频频出入于寝室，结果终于发现了我的无知和幼稚，寝室里应该是除了东西以外，什么都不正常，所以值得一写。

我们班分到了101、102两个寝室，根据我本来的估计，这两个对门的寝室应该是打成一片，结果不出所料，真是打成一片，可惜是打架打成了一片，彼此都惧怕对方的实力，只是躲在各自寝室里，拼命向对方投抛东西，这使我马上总结出了为什么古人类对付野兽用投掷，而非肉搏的原因。这时便轮到我了，只见我直立于众人之"地"大喊三个字："别停下！"

不久我便和他们混熟了，自己也以半个住校生自诩。

语文老师说，描写一定要按一定顺序，我在此决定由低到高写，所以，先从郭霞修讲起，郭霞修最大的特点是脚臭，其次还是脚臭。前者的脚臭是人的身体器官的脚臭，据说郭霞修所在的101之所以和102打起来，是因为102的同学到101后大骂他们不讲义气，咸鱼放臭了也不给102的人吃，后者则是足球上的脚臭，他除了踢乌龙球利害，其他什么都不行。于是这两点合并起来，搞得他带球时球脚俱臭，防守他的人往往找最近的门柱一头撞去……

下面，不，上面就是李小飞，一听"李小飞"三字，往往会联想到小李飞刀李寻欢。其实不然。一刀，我去宿舍游玩，正值上午九点，一个个睡得像死猪一般，我大叫一声，他们像活猪一样号叫，似乎要进屠宰场了。其中李小飞更是大为光火，随手拿起一支笔准备向我飞来。我一愣，传言"小李飞刀，弹无虚发"，想我阳光少年，竟惨遇不幸，也罢、也罢。我闭眼认命，他飞手一出，却是一旁郭霞修应声而倒。李小飞自然也将风格带向球场，每当他开任意球，敌我双方立即发扬"与时俱进，共同发展"的精神，自觉围成一道人墙。那倒不是他踢得好，而且因为站在球门框范围以外的必死于其手。但也不尽然，比方倪锋。

倪锋为人异常凶猛，结实得坦克都开不过去，他一巴掌可以拍烂坦克。美国如果喂养他，在与阿富汗开战前一分钟将他放进山区，那么不用打仗，本·拉登旦估计就被他分而食之了。

算了，再写下去，住校生恐怕就要把我分而食之了！

编辑心语：

文章语言风趣幽默，情节细致入微，表现出了年轻人的青春与活力。

影响过我的人

陈小曼

我吃得津津有味，小宝和叔叔都看我吃得好笑，我挺尴尬的，小宝就逗我开心，他说他一向吃龙虾都是自己去海边捉的，回家自己用各种方式做了吃。很难想象这个书念不下去的大个子居然还有这样的雅兴。

去北京的那段日子我始终记得很清楚，尤其是那个影响过我的同龄人。

那晚我刚下飞机就直奔事先联系好的地点等待接我的人，首都的机场就是大，人群如热锅上的蚂蚁，折腾了半天还没有一一对上号。我更是"丈二和尚摸不着头脑"。独自在偌大的飞机场盘旋着，正如一只蚂蚁在鲜奶蛋糕上来回盘旋不知从何下手才好，也许上天总喜欢给人一些出乎意料的惊喜，转瞬间就撞上了接我的人。这下子可好，终于可以轻松了，可正当我把行李转交给接我的叔叔时却突然从我身子的左边伸出一双手将我的行李包接住了。我诧异极了，这个人是谁？

他看起来很强壮，我总以为他比我大很多，他不多话，偶尔说几句夹生的北京话。我开始很仔细地注意这个人了，可是我总找不到可以使我钻入这个人内心世界的夹缝。他是来接我的叔叔的亲弟弟。他哥说他已经退学了，为此我觉得挺可惜的，更令我不可思议的是我们同龄。

女孩子上街是件挺麻烦的事，至少我是这么认为的。来到北京的第二天我吵着要先去"新东安"商场，因为北京的天气离奇得很，我在家上机场的时候妈妈还嘱咐我穿上棉袄可到了北京谁知道天公作的是什么怪，连短裙都给穿上了，所以不得不麻烦他们陪我去商场。到了商场我让叔叔在车里等我，可他总是不放心，最后还是让他弟弟陪我一起去的。其实我觉得这正是一个认识他的好机会。我冲着他微笑地问他的名字，他爽气得很，很快地就告诉我他叫小宝（这是他的小名），我忍不住地转过身偷笑，总觉得这名字和他的人可太不般配了。他似乎善解人意，连忙向我解释道他家原来还有一个二哥，可是二哥不幸发生意外去往"天国"了，所以他妈妈便当他是个宝。这时我才觉得刚才自己笑得多么的可耻。我沉默了好一会儿接着便是"疯狂购物"。他很像我的"保镖"，左右跟着我生怕我迷路或是被坏人带走，我不忍心让他再帮我拎东西了，所以我们就撤离了商场。

假日期间长城、故宫满是游人哪有我挤得上的份，只好无奈地到颐和园爬万寿山了。

小宝和我一起去的。万寿山实在是难爬，可小宝却微笑着向我伸出手臂，我扶着便有了力气。这个小细节足以让我对这个人没有了戒心。我们开始聊天，我问他为什么退学，他很坦然地回答了我："因为学不下去了。"我没有出示自己内心上千个问号只是默然地点点头便又朝他微笑。后来他拉住我让我先坐下，歇了一会儿便和我谈到一些很足以影响到我的事情，他说："其实我很清楚我们是同龄人，而你在念书我却算是'无业游民'不过我认为许多事情还是因人而异的。"好一个"因人而异"。我很欣赏这四个字，接着也向他讲述了一些我的观点。他很虚心，没有对我的话产生任何反感。晚上叔叔建议我们吃"手抓龙虾"，我高兴得很，可是小宝却是一副无所谓的样子，我不明白他是因为不爱吃还是见我一副傻兮兮的样子感到好笑什么的。

我吃得津津有味，小宝和叔叔都看我吃得好笑，我挺尴尬的，小宝就逗我开心，他说他一向吃龙虾都是自己去海边捉的，回家自己用各种方式做了吃。很难想象这个书念不下去的大个子居然还有这样的雅兴。

回到宾馆我总在想小宝似乎给了我不少影响，那么这是怎样的影响呢，就连我自己也很难说清楚，好像就是让我懂得如何去善待自己吧！

编辑心语：

一个人的一生当中，总会遇到这样那样的人和事，但真正在头脑中印象深刻的并不是很多。作者意在告诉人们要善待别人，更要善待自己。

涛声依旧

陈长盛

不要记住昨天的失败，不要幻想明天的成功，只需要把握今天的时间。

残阳如血，我又坐在那久违的栏杆上，遥望着远方蔚蓝的大海，落潮的海水把我思绪还向大海的深处……

那是一个深秋的夜晚，我逛夜市时认识了他。在路上，我看到前面有个人的手正伸向一个妇女的挎包，我正在想我该怎么办时，一个少年冲了上去，一把抓住了还未来得及取出挎包的手。很快，一大群人就把小偷制伏了，于是我喊住了他。

我与他一起散步，我发现他对国家政治、金融等方面了解很多，但当我问及他的身世时，他总是避而不谈，我很奇怪，但我告诉了他所有关于我的情况，我们走着走着便到了海边，我们坐在栏杆上，他指着大海深处对我说："我的家，我的理想，我的一切都在那里。"我茫然疑惑地看着他，他似乎正陷入自己的思绪中，似乎忘却了我的存在。他接着又说："不要记住昨天的失败，不要幻想明天的成功，只需要把握今天的时间。"我不明白他为什么要对我说这些，但我也没多问，接下来是一段沉默，大家似乎都在享受这不夜城特有的美景。

前方是浩瀚的大海，身后是繁华的街市，波浪一排排地涌来，冲刷着脚下的岩石，凉飕飕的海风带来一股特别的清新……不知哪个地方突然播放起了我最爱听的《涛声依旧》，我陶醉了，我真想投入大海的怀抱，化作一段优美的音符，永远享受这无穷的乐趣。

不知不觉，他已经走了，我忽然感到一阵失落，便不再停留，也离开了海边，后来，我随父母回去了。

再后来，我上网时看到一张照片，是他的，但下面的新闻却让我大吃一惊——他是一个少年犯，因一时冲动，用刀捅死了一个仇人。我遇到他时，他已经犯事了，我终于明白他那些话的含义了。在以后的日子里，我用他的话勉励自己，用他的行为谨劝自己，我进步了。

中考后，我又来到了这喧闹的城市。

似乎一道红光划过天空，把我从思绪中拉了出来。也许人偶一失足便会变成这傍晚的残阳。

但是，夕阳也无限的美好，不信你看那西方——夕阳映红了半边天，大海深处涛声依旧……

编辑心语：

亡羊补牢未为晚矣，浪子回头金不换，把握好人生之舟，不让它偏离航向。这是文章的主旨。

舍 友

池 沛

体格瘦弱，却迷恋足球；文气十足，却爱好军事。真让人想不通在他那大大的脑袋瓜子里，究竟成天在想着什么。

丁是我的一位舍友，个子中等，虽说生得不是"天生丽质"，却也是浓眉大眼，帅气十足，他平常除了上课以外一般不戴眼镜，可是倘若眼镜往他那高鼻梁上一架，颇有博士范，可论气度嘛，嘿嘿……

他极爱好读书，成天与书相伴，似乎从不厌倦，也许是为了在我们面前卖弄吧。卖弄归卖弄，可他确有真才实学。他阅读之神速，真令我望尘莫及，也许他就是"传说"中能一目十行的人吧。每逢见到他读书，我便仿佛看到了鲁迅先生笔下的孔乙己，那由瘦映衬出的高，一副书生模样，见了真令人发笑，总之有那么一股"酸"味。

可真是这样么？那倒未必！其实他最大的爱好是体育，不，确切地说，应该是——足球，我这个人是个球盲，一种对足球麻木的人。一来提不起兴趣，二来是国足的缘故。他是个"崇洋媚外"的人物。国脚喜欢不多却甚爱外国球星，什么托蒂、卡洛斯、罗纳尔多、欧文……"斯""多"一类古怪的名字说得一套一套，"AC米兰""皇家马德里""尤文图斯""拉齐奥"……那更是每日必谈。德甲，英超，西甲……总是他最爱的话题。他最崇拜的是战神——马蒂斯图塔。虽说小丁一向温顺有礼，可倘若你敢说巴蒂的半句坏话，那你一天就遭殃了。"你说什么？""你懂不懂啊？""你再说我跟你拼命！"这些经典的丁氏反击语言真让人受不了，唠叨！这还不算！看见你就唧唧喳喳，有理没理地乱说一通，非得让你说："我错了，我错了，巴蒂是最好的，他是战神，攻无不克！"那语气几乎是在哄小孩，可他不管那么多，丢下一句"这才差不多!"便扬长而去。之后便是一连几天的沉默。嗨,球迷!

　　不知为什么,似乎懂足球的人在竞技场上却总有种力不从心的感觉,他就是个典型。一到球场上,虽说生龙活虎,可那带球姿势,真够呛。一副没有头脑,找不到重心的样子,那不是盘球,分明在找球,不是他踢球,分明是球踢他。

　　排在足球下面,他最热爱的就是军事。《环球》他那儿有最新的,军事图片,他那儿有新款的。你要是想向他借一张,他便前额亮晶晶的:"什么?你说什么?"从布什到萨达姆,从斯大林到希特勒,他总喜欢抓到话柄妄自评头论足一番,总能让你听后糊里糊涂地点几下头,似乎确有一定逻辑在里面。飞机、坦克、舰船、卫星、激光、常规潜艇、原子反应堆……那些暴力武器似乎天生就是他一个人的,了解甚多,一派要征服全世界的模样,中东、石油、反恐更不要刺激他,否则他就会口若悬河地一直扯到一些风马牛不相及的事物,说得你头晕目眩,耳朵备受折磨。

　　体格瘦弱,却迷恋足球;文气十足,却爱好军事。真让人想不通在他那大大的脑袋瓜子里,究竟成天在想着什么。

　　编辑心语:

　　文章语言轻松活泼,结构衔接自然。人物形象鲜明突出。

老琴匠

袁 玲

琴匠不爱说话，特别是夜里，也许是上了年纪，他总是很晚才睡，有时下自习很久经过琴室，仍见他夹着烟，坐在椅子上，在一个角落里，不声不响地望着诸多的琴，烟腾起来了模糊他的脸，只觉得他的目光穿越了时空……

学校新近请来了一位琴匠，修补琴室里的陈年古董。

琴匠已经不年轻了，半秃的脑袋，一袭朴素的蓝灰色中山装，平日里不大出门，老爱待在琴房内敲敲打打，但很少见他正儿八经地坐在钢琴前修理，大不了是手上拿着个小玩意儿捣捣罢了。

琴匠不爱说话，特别是夜里，也许是上了年纪，他总是很晚才睡，有时下自习很久经过琴室，仍见他夹着烟，坐在椅子上，在一个角落里，不声不响地望着诸多的琴，烟腾起来了模糊他的脸，只觉得他的目光穿越了时空……

我从未走近看他，也许潜意识里，我觉得他是不能走近的吧。

偶尔注视那扇窗子，总看见无言的灯光和他沉默的侧影，那时便恍惚觉得置身于"子曰诗云"的圣贤时代，而他应是一位身着藏青色马褂的学究，在这城市的角落看他的往事静静流过（虽然更多的人说他的打扮像农民），那青色的烟雾给我一种遥远的亲切感，一瞬间，恍惚觉得有一块冰渐渐在手中化为水，从指缝间流出，蓦地却感悟出生命轮回的凄凉与悲壮。

老琴匠并不只是沉默，他偶尔也会拉起二胡，用那古老的乐器倾诉他已不属尘世的心，甚至有时还会看见有一位妙龄少女坐在他的对面与他侃侃而谈。少女绝对的清纯，看那亮丽的颜色抹在了他远古的回忆中，我便有一种恍然如梦的感觉，经历大悲大喜抑或平淡如水的人生征程后，人都会如这老琴匠吗？我不知道。

编辑心语：

诗一样的语言，舒缓地描述着一个沧桑的老人。作者善于观察生活，文字娴熟老道，读后令人回味。

晚 霞

陈料兰

那天下大雨。暴雨冲得破烂不堪的小学直摇晃，林大爹看在眼里，急在心里，就赶紧从家里扛起门板，准备想法加固，可是已经晚了……

我喜欢晚上一个人静坐在树底下看晚霞，看那金亮亮的滑腻如绸的晚霞，仿佛那里面有我梦一般的回忆。

在我童年的记忆里，除开爹娘对我很好以外，还有村里一位退役军人林大爹。只记得林大爹胡子好白，头发很稀，眼睛还瞎了一只，朝鲜战场上让美国鬼子打的。他的身材很高，小时候的我需仰头才见那笑眯眯的独眼，那时的我很爱画画，每天都要用木炭在草纸上画画给他老人家看，他总是摸摸我的头，赞扬一番，然后把它贴在黑黑的土墙上，接着摸出几颗糖果给我。他也爱其他的小孩子，不过对我最好，说我机灵。

七岁那年，我还没有上学，家里穷，妈不让，林大爹就硬是拉着我的小手来到我家与妈谈了半天，隐约记得当年他说了些"希望、栋梁、花朵、人才……"之类的我似懂非懂的话，斗大的字都不认识的妈妈像是吃了秤砣铁了心，林大爹一气之下把我领到他家，为我垫交学费，后来又有几个小伙伴的学费也是大爹垫交的。听说他为了我们能上学，自己掏钱买石料把学校地基重打了一遍，又到全村挨户送子女上学，那时我的眼泪"刷刷"地流了下来，发誓要好好读书。当我把第一个学期的第一张奖状领回来给他看时，他的脸笑得像一朵金丝菊，妈妈也回心转意，决定让我读下去。

在上县城初中的那一天清晨，林大爹披星戴月来为我送行。他似乎老了许多，背也有些驼了，眼里含着闪闪的泪花。他对我讲了许多道理，直到太阳为大地抹上第一道光芒。在他面前，我感到他是海洋。

后来，我全家搬离了农村，一年多没有林大爹的消息，突然有一天，我收到儿时伙伴从乡下寄来的一封信，说林大爹去世了，那天下大雨。暴雨冲得破烂不堪的小学直摇晃，林大爹看在眼里，急在心里，就赶紧从家里扛起门板，准备想法加固，可是已经晚了……我的眼睛模糊了，泪水泡湿了信笺，心痛得如刀绞一般，记得我在那难忘的17号日记里，我描写的晚霞好美，金亮亮的，滑腻如绸……

至今，我还连林大爹多大年纪、叫什么名字都不知道，爸妈也似乎记得不大清楚而说不上来。我好想念我敬爱的林大爹，想念他的时候，我就会一个人静坐在树下看晚霞。

编辑心语：

林大爹的形象是高大的值得尊敬的，文章写得朴素自然，能引起读者共鸣。

我有一个永远的哥哥

陈 燕

生命是一条温暖的河，你可以流泪和悲伤，但绝不能够放弃勇气和信心，因为他的关爱，我相信了哥哥，也相信了友谊的永恒，我开始用一颗单纯的心来善待我的朋友。

（一）

那一年的秋天，我从故乡的小镇来到武穴读书，虽然路途并不遥远，但第一次离开爸爸妈妈的呵护，那些平平常常的风和落叶都会叫我忍不住落泪和想家。就这样细数无数个孤单、寂寞而失眠的夜晚，终于盼到了寒假，我也急匆匆踏上了回家的路。

汽车缓缓地启动了，那时候，我静静地坐在窗边，看窗外景物的变换，风轻轻地撩起我的头发。

那天，他穿了件绿色的休闲服，并不太高的身材里，似乎隐藏着一种说不出的气质。因为车里没有空座位，他上车后站在了我的旁边。

汽车缓缓地前进了。我抬起头来接触到他的目光，他风尘仆仆满脸无法掩饰的倦态，却平和地对我一笑。周围是嘈杂喧闹的声音。他的微笑有着不属于这个场合的亲切。我想：生命里无法感触的东西往往都藏在这微笑后面吧！

我朝里挤了挤，让出一点位置给他坐。

"你是学生吗？"他侧过身子望着我，他告诉我，当年他离家读书的时候，也有这种感觉，看到我这么小一个人在外读书，更难得的是懂得去帮助、照顾人。所以，在我让座位给他的那一刻起，他就觉得不能失去这个小女孩的友谊了。

"你这么小，又一个人乘车……"他这样对我讲的时候，眼睛里充满

131

了无限的关切，让我的心里感到一阵酸楚，就好像被谁触痛了伤口一样，低下头，眼中竟盈满了泪水。

交谈中，我知道他叫梁新民，在武汉无线电视广播有限公司工作。原本是回家过年的，可工作忙，只能逗留两天。

原本我们都是比较沉默的人，但这时却都像熟识的朋友一样讲到彼此的生活，我惊讶他一个人走过那么多的城市，那么多的路，翻过那么高的山。让我知道：这世上有许多的路要一个人走，许多事情要一个人面对，许多日子要一个人微笑或者流泪……我就这样静静听他讲，竟不知什么时候，似箭的归心已融化在他亲切的笑容里，这一刻坐在他的身边，我好像第一次变得比较安宁了，也仿佛对一切重新有了信心。

我们安静地坐在一起，谈笑自如。这时候，车忽然停了。车里越发嘈杂。不知是哪个小孩将尿洒在身上，又不知是谁把鞋脱掉，散发出令人恶心的臭味，车前响起了司机和几个自称是税务局的青年的吵闹声。我不知道他们为什么而吵，只是耳朵里传来他们肮脏的吵闹声，心里不太舒服。

他沉默地看了那几个人很久，缓缓地说："我很难过，因为大家都是同乡人。"我不知道他今天是否还记得当初他讲过的这一句话，但当时它给我的内心感动却是深挚的，面对那几个粗野的年轻人和车内乘客的不文明行为，我真的是第一次听到有一个人竟会为此感伤。也许就是那一刻，我相信了眼前的这个陌生人，心里在默喊着哥哥。

那一刻，他眼中的忧郁和关切，在我心中开出一朵美丽的友谊之花，我知道，我们的友谊已经走进了彼此的心灵。

车窗外的天已经暗了下来，司机和那些人也不知何时停止了争吵，车又在前进了，我和哥哥分别的时候也到了。

他在我的手心里放上一枚小小的地图徽章，我看着他的眼睛，友情在这一刻似乎被拉成了直线，遥远而漫长。我没有讲再见，只是把我的校徽递给了他，我当时并不悲伤。因为我已知道，在地图显示的那个城市，有我一份永远的亲情。

（二）

过了年，寒假便悄悄地过去了，再次回到学校，我发现自己勇敢了许多，也成熟了许多，心里总是被一种莫名的情感冲动着。在一个天空特别晴朗的早晨，我收到哥哥从武汉寄给我的生日礼物，一本粉红色的写着"生活之旅"的日记本和一封征询我是否愿意和他结为兄妹的信。信纸的底纹上有一只翩翩飞翔的白鸽，那一份清纯和真挚的情感让我深深感动。不由得想起小时候好羡慕那样的小伙伴儿，受了委屈，在眼泪还没擦干的时候，可以示威地对同伴儿说："你等着，我找我哥哥去！"还有初次见面他给我的感动；我不禁微笑地用一封薄薄的信，给哥哥寄去了一个妹妹的微笑。

一年的时间很快过去了，我们用一封封厚厚薄薄的信，交换彼此的鼓励，哥哥告诉我暑假的时候他回家可以留一个礼拜。

那一天，天空飘着细雨，我站在车站等候哥哥的到来，等到那个熟悉的身影跃进我的眼帘，心里的高兴一下子涌了出来，眼里竟噙满了泪水。哥哥也很激动，从背包里拿出一条淡紫色的毛巾，让我擦拭被雨水淋湿的头发……

和哥哥在一起的四天，他真的让我变成了一个小孩子，在哥哥的关心下，我变成了可以任性，可以撒娇，可以把心中所有委屈哭诉出来的小妹妹。

哥哥永远是那么沉着，就算我哭着告诉他，自己期末需要补考，他也是微笑着拍拍我的脑袋，告诉我他相信我，一切都会好起来的。那个夏天，是他的沉着给了我无限的信心和勇气。

一个星期后，哥哥又要走了，他给了我一串十字项链，说是小时候，他妈妈送给他来保佑他事事平安的……

因此，对于他的慈母，我又有一种敬佩，不知什么时候，我能去看看她，于是，在哥哥走的那一刻，我又开始期待他的归来。

（三）

我不知是否应该告诉哥哥，一年来，多少朋友微笑着告别了，再无音讯……多少值得珍惜的记忆就消逝在岁月里，唯有我心中对他的感激，一刻也不曾忘怀。

相识自是有缘。因为他的关爱。我在车上的那一刻便明白：生命是一条温暖的河，你可以流泪和悲伤，但绝不能够放弃勇气和信心，因为他的关爱，我相信了哥哥，也相信了友谊的永恒，我开始用一颗单纯的心来善待我的朋友。

上课的钟声响了，我心里盛满了沉甸甸的感动，我又想起了哥哥的微笑。

武汉，我有一个永远的哥哥，让我和十字架一起祝福哥哥，祝福武汉！

编辑心语：

最有力的友谊是彼此之间互相信任与彼此支撑。文章故事性强，有一定的感染力。

家庭教育

李向明

　　记不清哪位诗人曾经说：是什么无声地噬咬你？令人心动的忧郁。人生没有这种境遇便不完整，太深的投入之后就淡然离去，无论遭受、失去什么都是一种经历……

　　我是个普普通通的大学生。说普普通通，因为我既没做过什么惊天动地的大事，也没什么可歌可泣的经历，学习就是个中游，除了爱看书之外就没什么优点了。

　　一天，舅妈打了个电话给我，说她们那儿有一家想找家教。那家人已经来过我们这个师范大学了，可是觉得介绍的人开口就谈钱，太傲，孩子的母亲正好和舅妈是好朋友，于是把我说了，问我想不想试试，再说何必让外人去挣这个钱呢？无所谓，反正只要不影响学习，多接触一些人又有什么关系呢？我妈也同意了。路上，舅妈对我说别提钱的事，那是自然的，我又不是想去挣钱的。

　　上了四层楼，开了防盗门，我们见了面，那个孩子叫李乐，开始还有点儿害怕，后来见我不像坏人就与我聊起来，阿姨也问了我一些情况，也比较满意。我们刚坐下，舅妈就开抽屉找东西吃。

　　李乐突然问我："老师，你看机器猫吗？"我沉默了一下，童年痛苦仿佛藏在心海深处的泡沫，被阳光一照——浮出了水面。"看！""太好了！我最爱看机器猫了！"我环顾四周，各种暖洋洋的红色家具仿佛要融化了。桌子上摆满了种种零食和小吃。电视和电脑谁也不服谁地各占一角。卧室雪白的光仿佛要流淌出来。这时李乐不知从哪儿拿了块糖给我。"吃吧，可不准吐呀！""什么？那是当然的。"我刚把糖含在嘴里，就感到膝盖骨咔嚓一声，接着脊柱伸直了，我一下子从沙发上跳了起来——

那糖酸死人了。"李乐今天真乖,多懂事呀!""嗯,今天表现还算不错!"我真想一下把糖咽下去,可糖太大,我咬紧牙关含着,想初次见面可不能失礼,毕竟我是客人呀!再说这么大的人,也不能失信给一个小孩呀!这块糖的后劲还挺足,吃完后的一个礼拜,我都没吃醋。

"这孩子真是老实,想吃什么就自己拿吧!"

"不用,不用!"

"你各科学得怎么样?"

"外语一般,理科不太好,别的应该还行。"

"这孩子就是谦虚,他教李乐一点儿问题都没有,你就放心吧!咱们这关系,我还能坑你吗?"舅妈边往嘴里塞巧克力边说,"他还会写诗呢!"

"是吗?那真是不简单!"

"到这儿别客气,就跟自己家一样,钱呢,你就别计较了,反正咱们是熟人,我也知道一般是一小时二十元,你家在哪儿?"

"在丰台区。"

"那离这儿够远的,要倒好几趟吧!你住这儿都行,叔叔出差了。别见外,你陪着李乐玩我都高兴。"

"李乐,这个哥哥怎么样?"李乐只是低着头笑。

"李乐,你可要好好学呀,有这么好的条件,这个大哥哥什么都会。"

"行了,以后你什么时候来?"

"每礼拜天上午吧!要是讲不完,加上下午也行。"

临走时,舅妈还对巧克力恋恋不舍,抓了一大把放兜里。

我第一次去给他讲各科卷子上的错题。我觉得他挺聪明,大概是不用功。像数学题,好多都是因为马虎减的分,真可惜。阿姨说:"这孩子把我气得够呛,我是管不了,全靠你了!"我答应了,过后才想连你都管不了,我一个外人更不好管了。一会儿,李乐去上厕所,我就看他的课本,还是八百年前的老一套,跟我学的一模一样,真没意思。我把课本丢在一边,打量这个屋子,书架上全是日本的漫画书。写字台上站着一排变形金刚。等了半天也不见他出来,我走到厕所门口,他正躲在里面偷偷笑呢!我把他拉了出来。正在这时,电话响了。他一下子飞了出去，大有冲锋陷阵的勇气。我还没想到要拉住他呢，他把电话给阿姨后，趁机美滋滋地吃起零食来。

"教得怎么样？挺好，你们那边呢？"大概是叔叔。

"是我的朋友的爱人的姐姐的孩子。"

"就是外甥。"

"对！对！"

眼见他吃的兴致不减，我可不管那么多了。好说歹说，软硬兼施总算把他又拉进去了。学了一会儿，他的兴趣越来越低，又一再地犯糊涂，我想还是下盘棋调节一下。他自然是高兴得不得了，很快就拿出了象棋。可惜他的棋艺太差，我让他车马炮三个大子，他还是输了。"再来！再来！"他撅着小嘴，不过我相信这时他才真正佩服我，即使我给他讲了多少道题他也未必觉得我有什么了不起。下第一盘时，阿姨来看了两次，第二盘时，她又来了，并且站在旁边不走了。我一抬头，她的脸色越来越难看。糟了，我是来干什么的？"快下快下！"草草收了场我让他继续学。

"好！"

"外面冷不冷？"

"冷，刮着大风。"

"没什么菜了。"

"噢，那就算了。"

"凑合吃点儿吧？"

"没事，我还是回去吧。"

"妈，你还是去买点儿吧？"

"大人说话，小孩子别插嘴。"

"我……我还是走吧！"

"那……慢走呀！"

每次我都教上午四个小时，第四次去主要是考他，我一口气出了地理和数学两份卷子，笔一直没闲着，写得我胳膊都酸了，他数学考得还行，地理100分只得了8分。其实重点我都给他画书上了，剩下的就是他自己的事了。文科总要记一些东西，光靠小聪明是不行的。我把这话反复对他讲，谁知道他记没记在心里呢？语文我给他听写词语，他错了一半，这我确实帮不了他，总不能把我记的用电脑输给他。

"阿姨，我走了！"

"给！"阿姨把一个红包递到我的面前。

"这是……"我一愣，"阿姨，我不要！"

"你是傻瓜呀？拿着！"

"阿姨，咱们算熟人，我就只当帮帮忙。"

"你要不拿着以后就别来，李乐，你给哥哥。"

"您干吗这么客气？我真不要！"

我磨蹭半天，最后还是李乐把钱塞进了我的口袋，不知为什么，我竟有一种羞愧的感觉，尽管我尽心尽力了。看着两人的笑脸，我的心更慌了，赶忙去开门，结果忘了防盗门是双锁，迈出的膝盖在门上重重地撞了一下。我忍着疼，尽量装出一副无所谓的样子，一步一步往楼下挪，见他们关上门，我才咧着嘴坐下来，膝盖被撞青了一大块。正在这时，楼上传来脚步声，我慌忙站起来，大有做贼当场被捉的感觉。天呀，竟是李乐，原来刚才我一着急，忘了拿帽子。回到家，我一看是三百块钱。可我一点儿也不高兴，因为我嘴上火肿了两个礼拜。

后来，我学习紧张，就忙自己的功课没有再去，考试前我给他打了电话，祝他能够考好。嘱咐他要认真审题，不要马虎，不要管周围的人。一切都要靠自己。把我出的题和画的重点看一看，该背的要背。

谁知道他还是有两科没过。这大出我的意料，不应该呀！放假了，我又去了趟他家，数学考的和我出的是同一种类型，只是换了个数。地理考的大部分也是我出的题。我问他背没背，他说看了，只是没记住。

中午回到家，父母的脸阴沉着。妈妈问我吃过饭没有，我说没有，不饿。"现在就开饭，饿不饿？"

"你们先吃吧，我不饿。"

"不饿也得过来坐着，咱家就这么几口人，大过年的。"爸爸说，我这才想起今天是大年三十。我很不情愿地过去拿起个馒头。

"你舅妈打电话给我了，说你应付差事，还要那么多钱！"

"你真是傻到家了，急着回来干吗？人家条件那么好，阿姨又那么热情，吃几顿饭怕什么？"

"自己办不好，倒好像家长没说似的。"

"反正这是你和舅妈商量的，我不知道。"

我喉头的馒头停住了，一时说不上话来。过了一会儿，才幽幽地说"确实与你们没关系，你们知道什么呢？"

"闭嘴！你这个榆木疙瘩脑袋！书呆子！"爸爸拍着桌子大叫道，"你懂什么？有什么社会经验，知道什么人情世故！"我生平最讨厌倚老卖老的人，我从来也不对表弟表妹说这种话。孩子本来就是天真烂漫的嘛！一个人年龄增长社会经验却越来越少，这不是很奇怪的事吗？想起马克·吐温说过"只有孩子才会犯错误，大人总是有理的。"我便不吱声了。

吃了中午的教育饭，下午两人大加班。他们刚一走我就拿上三百块钱和月票，直奔阿姨的家。坐了两个小时的车，来到了家门口。我几次抬起手却又放下，正在犹豫之时，头一不小心咚地撞在门上。"谁呀？"李乐的声音。"我！"他打开门，把我从头到脚扫描了一遍，然后像老鹰见着大兔子的地把我抓了进去。"你……你怎么回来了？""阿姨，我忘了一件事。"我把钱甩在桌上，"这钱我不要了，您就让我做回雷锋吧！我问心无愧！"

"我尽全力了，我确实没什么办法了，总不能替他去考，我不在乎这几个钱。再说我也不该使这钱，您跟舅妈是朋友，那么也就是我的朋友和亲戚了！"

"那好吧，李乐，你还不给哥哥抓点儿糖？"

我听了，赶紧开门，这回我可有经验了。我左手转动防盗锁的电钮，右手拉升弹簧锁的门把，猛地一推门开了，我嗖地一下蹿出去，头也不回地往楼下跑，也不管身后说着什么。

出来时，已经是晚上了。一轮惨白的浅月宛若鱼钩，倒挂在黑色的夜空，发出凄凉的光。几颗昏暗的小星星像是被冻坏了，抖抖地缩成一团，等了半天没见着公共汽车，我只好自己走了。尽管知道有很远的路，也忙碌了一天，身无分文的我却很轻松，甚至有几分得意和自豪。原来一个人想得到解脱并不难呀！我兴奋地哼着小曲，慢慢地走着，因为我知道前方的路还很长，一个个彩明珠飞上天，发出惊人的叫声。尽管规定不许燃放烟花爆竹，可是沉浸在节日气氛中的人们还是想办法快乐地活着。后来，不知走了多久，街上已经没有什么行人了，除了偶尔飞过的两盏血红的车灯。平时显得狭窄的马路一下子宽阔起来，空荡荡的大街只有我一个人，使我觉得仿佛可以像流水一样流向任何一个想上的地方。记不清哪位诗人曾经说：是什么无声地噬咬你？令人心动的忧郁。人生没有这种境遇便不完整，太深的投入之后就淡然离去，无论遭受、失去什么都是一种经历……

编辑心语：

作者用记叙的笔法将世态炎凉表现得淋漓尽致。经历是一笔财富，在不断的经历当中，我们渐渐认识到这个社会的纷繁复杂，我们的心灵也由此日渐成熟起来。

浴室小窥

徐笑三

有铺者立刻叫住无铺熟人边说让位于他，将衣物抱出，但也不急着穿，好像才洗过的头分外痒，边抓边看着衣服，像是很想穿衣服，却因为头痒而身不由己，而无铺人在象征性地转了一圈后又回到原地，有铺人无法，只得边聊天边穿衣服，赢得多赖一会儿的时间。

虽说这几年各家都配备了浴霸，但冬天一到，就霸不过浴室了。敢于在冬天用浴霸洗澡的人一般都身子一寒，而更倒霉的在洗澡时看到电费账单往往身心俱寒。所以凡夫俗子都选择浴室。

进浴室的第一难题是找铺位，一般都是被动让位的，一个新进来的客人在锁定目标之后，死盯着已洗完的光着身子的浴客。一般情况下正常男士是无法忍受同性目光的缠绕的，虽极不情愿，但也只好退位让"闲"，但也有高手浴客，明知有人盯着自己，却闭眼做植物人状，一边的闲客在发出各种刺激神经的响动（如：咳嗽，解开塑料带等）无效的情况下，又见比自己后来的人都已下池，只好自认碰上冤家，悻悻而去，睡在铺上的微转头盯了他一看，又昏死过去。也有主动让位的，这种情况下，一般都是熟人相遇，有铺者立刻叫住无铺熟人边说让位于他，将衣物抱出，但也不急着穿，好像才洗过的头分外痒，边抓边看着衣服，像是很想穿衣服，却因为头痒而身不由己，而无铺人在象征性地转了一圈后又回到原地，有铺人无法，只得边聊天边穿衣服，赢得多赖一会儿的时间。

刚下浴池，只见其中十多个人或趴或仰，搓背者像杀猪一样，过于肥胖者往往不用运动，光用搓背巾便可，瘦小者视搓背为上刑，非到万不得已不肯搓的。要知只要工夫深，铁杵磨成针，何况人乃血肉之躯。

搓背者也是浑身肌肉，仿佛是用被搓背者的血肉筑起的新的长城。

搓完背后往往遍身泡沫，双眼迷离（雾里看花，水中望月，可能就是在搓完背后完成的），忙着找水冲洗，站好位后，刚一开水龙头，头上便像被棍子猛击一下，原来是被烧开的水猛击一下，真是又痛又烫。

等着周身擦净，一呼终于是苦日子到了头，铺上躺着可是最快乐的时刻，忽有一"闲"人来盯着我，我也想学"植物人"，可惜功夫未到家，反装成了"动物人"，罢了，还是回家吧！

编辑心语：

文章描摹百态，细致入微，把众人的那一点点"小九九"刻画得入木三分。

雨中的云依然灿烂

陈文峰

告别了那个雨季的打工生活，现在又回到了校园。我真的好感谢姐姐给了我这一段不同寻常的打工经历，每每回想起那些，它总是催我奋进，总能让我感觉到雨中的云依然灿烂。

窗外，雨在风的吹拂下发出"嗒嗒"的声响，我的心也随着雨声一起飘向那个雨季。

那年，我刚进入十七岁的雨季。一放暑假我便来到姐姐所在的城市，在她的手下当上了一名打工仔。

本想随心所欲地过上一个浪漫的暑假，好好地一睹这个心中盼望已久的中国最现代化的城市——深圳的风采。没想到来了之后，姐姐丢给我几百块钱给我两天的时间让我来欣赏这个秀美的城市。第三天便要我跟随她们公司去面试，主考官就是她。她给我出了许多莫名其妙的题目，让我无可下手，不知该从何说起。最后还是让我勉强过关，还说什么要看我在试用期里的表现如何。我的天呀！在我面前是我的姐姐吗？

就这样我便成了该公司的一员。依稀记得我上班的第一天，阳光明媚，海风徐徐，我精心地将自己打扮一番，开始了我的打工生活。

第一天：感觉不错，干得很起劲。也许是刚刚开始吧！在一种新的环境中调整一下我自己。

第二天：感觉不错，只是微微地感到有那么一点累。

第三天：感觉有了变化，已经找不到第一天的那种感觉。虽然有一点不想干，但自己还是为自己鼓气，一定要坚持下去，绝不能半途而废。

一周之后：我不想再干了，便跟姐姐提出，能不能让我换一个轻松一点的事。姐姐不但没有答应反而还训斥了我一顿，她很恼火地说：

"这样的事还不轻松，你想每天吃饭睡觉别人就给钱你呀！告诉你，这里是深圳，不是家里的那个穷山沟。在这里没本事没知识，就得卖力气，而且还要做得比别人好。如果再这样下去我会把你辞退的，在深圳像你这样的人多着呢！"没办法，我只得继续去上班，否则的话可能要流浪街头。

一个月之后：被老姐辞退了。由于工作不积极，上班做事老是出差错，她只付给了我二百元的劳动报酬，并将我拒之门外。

我拿着这仅有的二百元，不知驶向何方。到处是高楼大厦，到处是灯红酒绿，为什么就没有我的栖身之地呢？我在外面只流浪了两天，工作没有找到，二百元钱也所剩无几了。我只好又硬着头皮去找姐姐，然而她根本不理睬我。我便打电话搬救兵，请爸爸妈妈打电话给姐姐，让她再把我弄进去继续干以前的工作。

爸爸给姐姐打电话，她却跟爸爸说："其实我根本不想为难他，只是让他知道生活的艰辛。要他懂得社会竞争的残酷，没本事，没知识连饭都没得吃。如果我现在宽恕了他，那谁来宽恕我呢？即使我现在宽恕了他，将来别人能宽恕他吗？"

姐姐没有做出丝毫的让步，我知道我也要马上离开这个美丽而残酷的城市，现在我没有权利享受它的一切。下一站，我将要驶向何方呢？最后我还是想回家继续念书。我便跟姐姐谈了我的想法，姐姐很高兴地同意了。

在我离开深圳的前一个晚上，姐姐和我聊了很多。直到现在她的那段肺腑之言我还依稀记得，"峰，这一个多月的时间里我这样对待你，也许你觉得我这个做姐姐的不近人情。其实这一切都是为了你好，让你体会到现实生活中，知识对于我们来说多么重要，只有掌握了过硬的知识本领，懂得去跟别人竞争，才可能有自己的前途。在中国的大中城市，特别是像深圳这样的城市是没有人情味儿的，没有人会问你是谁，适者生存。现在你终于知道了要重返校园，姐姐祝贺你，不过今后在学校一定想认真学习，为了家人，更为了你自己。"

第二天，姐姐将我送上了返乡的列车……

告别了那个雨季的打工生活，现在又回到了校园。我真的好感谢姐姐给了我这一段不同寻常的打工经历，每每回想起那些，它总是催我奋进，总能让我感觉到雨中的云依然灿烂。

编辑心语：

姐姐之所以为难"我"，只不过是为了让"我"体会到生活的艰辛，懂得珍惜现在的一切。文章语言朴素，娓娓道来。

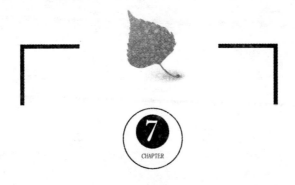

第七章

你的陪伴怎能被遗忘在流年

　　总有那么一个或者几个人，会在你的记忆里站成永恒。也总有那么些时候，思绪，便悄悄追随着他们，醉倒在时光的洪流中。在那如梦如烟的过往前，跟随曾经那深深浅浅的脚步，伴着断断续续的思索，拾起已被岁月淘洗过的点点滴滴。有一种祝福叫无言，有一种牵念叫永远，无论天涯海角，你若安好，我便晴天。

同桌娟子

陈文峰

中考的失败除了娟子以外，没有得到任何人的安慰，看着爸妈那样的无奈、老师的失望、邻居的议论，让我在那一段时间无法抬起那并不高贵的头。我要感谢娟子陪我走出这个难忘的阴影。

睡梦中，又看见娟子那阳光般的笑颜，还有那飘逸的长发。

认识娟子是在初三时，学校分重点班的那天。班主任是按照我们分数的高低来安排座位的。结果我被安排与一个美丽、大方的女孩同桌。后来通过全班的自我介绍，我才知道那个女孩的名字叫娟子。她的成绩很好，特别是英语，而我呢？成绩很一般，是重点班里的差生。我之所以能和她同桌，是因为当时我们班主任实行的是"一帮一"的制度，也就是一个成绩好的帮助一个成绩较差的。开始一段时间我很少和娟子说话，问题目就不用谈了。当时我总觉得一个大男生去请教一个小女生不是那么好（也许是我当时生活在农村思想比较保守的缘故吧）。但有时，她好像知道我的心思一样主动问我一些题目会不会做，我便像一个刚撒过谎的小孩回答："不会做。"她便一遍又一遍地给我讲解，一直到我弄懂为止（唉！只怨我自己太笨了）。也许是她对我的影响，我突然变主动了许多。

其实，我和娟子谈的也并非都是一些学习方面的事情，我们还谈到许多学习以外的事情。什么人生、爱情、当时的书刊、新闻……简直是无事不谈，无话不说。虽然这样，但我们注意到它与学习的关系，注意到了一个度。

时间过得既漫长又飞快，转眼初三生活过去了一半，寒假时，我们之间经常通电话，除了了解一下对方的情况，说得更多的还是提醒对方不要忘了学习。在学习之余，我和她也出去玩过几次，在玩的时候，我们谈到了过去一个学期里自己的不足，以及下学期的一些打算。她告诉我，她想考县一中，凭她的成绩那是理所当然的。我虽然经过她半年多的精心辅导成绩有了很大的进步，但我和她之间的距离还是很远，所以也并不希望考什么一中，考个普高重点班就不错了。而她却对我说，还有半年的时继续努力，一中还有希望。

在学与玩中一个寒假又过去了，开始不分日夜地做出最后的奋斗。为了自己的现在更为了自己的将来。娟子还是一如既往地帮助我解决了许多难题，中考的三天终于到来了，这三天我们手中拿的不是"笔"而是人生的方向盘。紧张的三天终于结束了，我们才松了一口气。

时间老人不停地向前迈时，中考的结果出来了。娟子如愿考上了一中，而我连普高都未考取。中考的失败除了娟子以外，没有得到任何人的安慰，看着爸妈那样的无奈、老师的失望、邻居的议论，让我在那一段时间无法抬起那并不高贵的头。我要感谢娟子陪我走出这个难忘的阴影。

现在我进了一所师范学校，娟子上了高中。我们之间的那大于友情小于爱情的另一种感情继续保持着。书信和电话让我们像过去的日子那样关心、帮助对方。

编辑心语：

真挚的友谊使我们的内心洒满了喜悦的阳光，在谅解和理解当中，我们的脸上绽放出灿烂的笑容。文章语言清新明快，读来轻松自如。

我不是那个林妹妹

王　欢

　　在市英语竞赛领奖的那天，我激动得差点儿当众哭了。原来自己是如此的优秀，而以前我为什么就没发现呢？回校后，我的书架上多了一本涛送的《红楼梦》，扉页上写道："送给最可爱的宝钗。"我这才明白，原来一开始他就为我精心导演了这场戏，而我是那唯一没有看过剧本的最佳主角。

　　涛说我是他见过的最酷的女孩，就像现代版的林妹妹，有一种独特的孤傲与冷漠。也许就冲着这，涛总是特别关注我。

　　可是随着高考的失败和家庭的一些意想不到的变故，我开始丧失了我一向引以为傲的自信，开始变得敏感而脆弱。从那时起，我就像一颗西沉的太阳，沉静而孤独。没有了青春的激情，更不愿去接近任何人。

　　可笑的是每次活动的报名单上总会有我的名字，我知道这是涛的"杰作"。因为涛每次总是在我身边不知叽里呱啦地说些什么后，便把我的沉默当做默许。但我却从来不屑他的这些做法，即使他是班长。不知为什么，我就是知道他不会真的为难我，因此即使报上名我也从不参加。我仍是一如既往。于是，涛常戏谑地说我不像班里的一员，倒像是多余的人，就如同贾府里的林黛玉总是与贾府格格不入。但我不在意，我告诉自己我真的不在意，随他说去吧。

　　日子就这样一天天过去了，涛对我的关注似乎也随着我的冷漠渐渐淡去，我们每次见面时也不过相互笑笑而已。有好几次，我居然有种失落的感觉，那种感觉怪怪的，而他也好像是真的越来越忙了，忙得有朝气有活力，而且充满了激情。我惊奇地发现，原来他是个很不错的男孩。

　　直到那天，班里要选人去参加市里的英语竞赛，好久没与我说过话的涛终于又来到我面前。没有以前大段的序幕，只是简简单单的一句"你参加吗？"我既意外又惊喜，一时间竟不知如何回答。可就在我发愣的时候，涛说出了那句我一辈子都不会忘记的话："算了吧！你不过是一个上不了台面的林妹妹。""啪！"我一下子拍着书桌站了起来，我大声地喊道："我不是林妹妹，我不是……"之后又说了些什么，我也记不清了。我只知道，我当时像一只吹爆了的气球，顷刻间把长期以来压抑的心情全都释放了出来。我从来没有那样激动和冲动过。那一夜我哭了，哭得很伤心。我这才发现我一直是那么讨厌林黛玉。我讨厌我的与世无争，更讨厌我的那种消极和厌世。而我原来是那么的在意别人拿我跟她比。我害怕自己成为另一个"林妹妹"，我并不如我想象中酷得那么潇洒那么无所谓，我同样渴望获得他人的认同。

接下来的日子里，我不再封闭自己的心灵，我重新拾回了昔日的自信，还有那许许多多的希望和梦想……我决定去参加竞赛，证明自己。

在市英语竞赛领奖的那天，我激动得差点儿当众哭了。原来自己是如此的优秀，而以前我为什么就没发现呢？回校后，我的书架上多了一本涛送的《红楼梦》，扉页上写道："送给最可爱的宝钗。"我这才明白，原来一开始他就为我精心导演了这场戏，而我是那唯一没有看过剧本的最佳主角。

涛，谢谢你，谢谢你帮我找回了自信，燃亮了我曾经黯淡的青春……

编辑心语：

有自信才有希望。文章故事性较强，作者感情细腻，人物形象鲜明活泼。

过河的卒子不回头

梁宇清

经过一年的努力，我如愿以偿地考上了大学。我感谢父亲用朴实的言语为我的人生增添一笔宝贵的财富，父亲那句话将激励我的一生。我想，无论我遇到了怎样的挫折，都应该做一个不折不扣的卒子，永远选择前进。

得知落榜的消息后，我蒙在被子里大哭，虽是炎炎夏日，我犹不寒而栗。当听别人说某某又考上什么大学时，我颤抖的心灵便一阵阵痉挛，怨恨和自责一起涌上心头。难道命运注定我只能咀嚼苦果?

考上大学的同学陆陆续续走了，一些落榜的好友也都坐进了"高四"班教室，只有我依旧还闷在家里，在失败的阴影中独自伤感。亲朋邻里都劝说我再去复读一年，父母的意思也是这样的。但经历这次打击之后，我已心灰意冷了。我想，或许我只有侍弄庄稼的命，注定要修理一辈子的地球! 于是我放弃了复读的打算，父母百般劝说亦无济于事。其实，我又何尝不想圆大学梦呢! 我只是害怕一年之后"伤心依旧"。

直到今天，一想起那段迷茫的日子我依然有些后怕，如果不是在那个风雨交加的夜晚和父亲下了局棋，我现在一定还在与农事打交道。

那是个颇不宁静的夜晚，闷热得要命，随后便是急风骤雨，电停了，一家人在一起枯坐。父亲突然提出和我走盘棋。父亲已很久没这份雅兴了，一来年纪大了眼睛不好使，二来整天农事缠身抽不出空闲。父亲说干就干，还没等我缓过神来，棋盘摆到了我面前。虽知不是父亲的对手，但我只有硬着头皮接招。

不出半个小时，父亲仅用两车一马的代价就把我的车马炮全部给吃掉了。没办法，我只能过卒。父亲似乎有意让我，并没有阻拦我的卒子。

153

当我把所有的卒都压过去时，父亲抬起头望着我说："清仔，如果现在我去'杀'你的卒，你怎么走？"我不解其意，没有回答。父亲接着又说："你想赢我就必须前进，而且无论如何你都无法让你的卒子向回走。"我随意地点了点头。父亲还是目不转睛地看着我，那慈爱的目光显得不可捉摸。突然，父亲拍了拍我的肩膀说道："你，现在就像是过河的卒子，没有退路，只有前进！"

听到那句话，犹如醍醐灌顶。第二天，父亲送我出山，我走进了"高四"班课堂。

经过一年的努力，我如愿以偿地考上了大学。我感谢父亲用朴实的言语为我的人生增添一笔宝贵的财富，父亲那句话将激励我的一生。我想，无论我遇到了怎样的挫折，都应该做一个不折不扣的卒子，永远选择前进。

编辑心语：

人生关键的地方常常只有几步，特别是当一个人年轻的时候。文章行文自如，寓意深刻，能恰到好处地表达文章的主题。读来给人一种鼓舞的力量。

那年七月

贾 辛

　　尽管酷夏留给人们的是一次空空的失望，但毕竟秋播已经开始了。在丰盈的雨水里，希望的种子又将孕育发芽了。我知道，尽管在秋天之后还有一个漫长的冬天尚需等待，但我坚信，今年的七月，将会有一次令人不再失望的收获。

　　那一年七月，天好热好热，持续的高温将这个小城闷在蒸笼里。那一年七月，庄稼都垂着蔫不拉叽的脑袋，让农人的汗水化成声声长叹。本该收获的七月啊！为什么竟将农人一年的指望变成了渴望中美丽而又破裂了的肥皂泡呢？为什么竟将我遥远而又清晰的梦打碎在那个既严肃而又严酷的高考角逐场上呢？

　　当我抬着迟钝而又沉重的双足，踽踽而行来到僻远的山村，一声声关切的问候在我的感觉为什么像黄蜂的毒刺蛰得我躲闪不及？那一年，我确确实实地感觉到我慈爱的父亲老了许多，黑瘦了许多。我知道，他额上那深深的皱纹是岁月之犁无情地刻写下的生命的艰辛和酸涩，是连年的干旱烧掉希望之后留下涂黑了的深深的壕沟。我从他忧虑而浑浊的目光里读到的，更是我自己的失败铸就的痛苦累加在父亲肩上的沉重砝码。那一天，父亲没有说话，但他哧啦啦吸着呛人的旱烟时的永久的沉默，比千万斤担子压在肩上还令我难受。我能安慰父亲什么呢？除了悔恨，除了以泪洗面，我似乎没有更好的方法来化解心中的满腔愁怨。我整整在土炕上躺了三天，整整三天之后，我才从土炕上爬起来，跟着父亲顶着毒辣辣的日头吆喊着我家的那头老牛，去再一次耕耘那一片片歉收了的土地。在起早贪黑的摸爬滚打中，咸咸的汗水流成的股股印迹才让我真实地感到了父亲的不易，让我真正地感受到：一次失败，不管对谁，都将是一个沉重而又残酷的打击。

那一年漫长的七月啊！我真想就此歇掉学业，想用我渐坚的双肩替下父亲肩上的一份担子。然而，父亲却坚决不答应。父亲大大的眼眶里射出的坚毅的目光，让我不得不再一次鼓起勇气去做一个"高四"生。我无言抵抗父亲，我知道，哪怕是我丝微的退缩，都将给父亲一个更致命的打击。祖祖辈辈土里刨食的艰苦磨砺，让父亲真正品尝到了没有文化的滋味，他不愿让自己的儿子一辈子再重复自己的老路了。他毅然决定让我再去补习。

我清楚地记得，那一年七月，父亲为了攒足我补习的费用，东借西讨地磨了多少次嘴皮；母亲也将自己日积月累攒下的几十枚鸡蛋和家里的那只花母鸡卖掉了，才算马马虎虎凑够了我上学的费用。我知道，这一分分来之不易的学费，对我这个贫穷的家来说，付出的不仅仅是父母的多少心血，而在更多的白眼中，失掉的是父亲那从不愿低头但不得不低下头的人格。我回想起那些让我痛心的日子时，我真的不知道用什么来感谢我的平凡而伟大的父母了。我只能有一种愿望：将内心的沉重化成奋进的动力，用自己的努力来抚慰父母创痛的心灵。

记得那一年七月之后，是一个天高云淡的秋天。尽管酷夏留给人们的是一次空空的失望，但毕竟秋播已经开始了。在丰盈的雨水里，希望的种子又将孕育发芽了。我知道，尽管在秋天之后还有一个漫长的冬天尚需等待，但我坚信，今年的七月，将会有一次令人不再失望的收获。

编辑心语：

在父母坚强后盾的支撑下，"我"终于重新展开了翱翔的翅膀。作者在平凡的叙述中给读者一种深刻的启发。

永远的祝福

凝 皓

在此后的日子里，阿玉真的每天都托人送一封信给我，有时是短短的几句话，有时里面只放了几颗漂亮的幸运星。她的鼓励和祝福就这样伴我行走在那段人生最艰难的岁月里，给了我一种莫大的前进的动力。

高考落榜后，我的心情灰暗到了极点。因为高中时我的成绩一直都很优秀，而且曾发表过许多文章。在那所中学里，我一直都生活在鲜花和掌声中，我实在无法接受这个残酷的现实。我怀着一种很深的失落走进了那个"高四"课堂，心中巨大的落差将我的自信击得粉碎，我开始变得自卑起来。我不再拥有自信，不再拥有梦想，我从此没有再拿起过手中的笔，也不再参加学校的各类活动。

日子平淡无奇地过着，一晃我又要高考了。那次，学校举办演讲比赛，我面无表情地跟着班上的同学缩坐在人群中。其实，我以前最喜欢参加这类活动了，但今非昔比，我再也提不起兴趣和热情了。人虽然坐在会场，但心却不知飘到哪儿去了。听过了几位同学乏味而冗长的演讲，我实在坐不住了，刚准备悄悄溜出去时，有一位女孩走上了讲台。她一袭白色的连衣裙，可人的脸上挂着淡淡的笑容。她把话筒往前移了移，说道："我来参加比赛，就是来拿第一名的！"我惊诧于她的自信，不知不觉认真听了起来，"自信是成功的基石，是人生道路上的加油站，没有它，一切美好的愿望都如海市蜃楼般可望而不可即。我曾认识一位很有才华的同学，他因为一点挫折就对自己失去了信心，我为他感到非常惋惜。其实，人的一生，谁不会遇到失败和挫折呢……"

台下的我被深深地震撼了，她的话好似专门为我说的，似一股热浪冲击着我脆弱的心扉，让我羞愧难当，同时也深深地为她的自信所感染。

那一刻，我突然有一种想认识她的冲动。演讲结束后，我终于打听到了她的名字：阿玉。

从那时起，我开始对阿玉多了一份关注，几千人的学校在我心中浓缩成阿玉一个人。每次上操和举行各类活动时，在全校黑压压的人群中，我总能迅速地捕捉到阿玉那娇小的身影。偶尔我们的目光相遇，阿玉总是淡淡一笑。这时，我真想上前去和她搭话，但心中的自卑每次都令我望而却步。

不知道内心斗争了多久，我终于鼓足勇气给阿玉写了一封信，诉说了我的困惑与迷惘。接下来的日子我忐忑不安，不知阿玉收到信后会怎么想。几天后的一个下午，我正在教室自习时，有同学说外面有人找我，我一眼就看见阿玉带着那种常见的笑容站在那里。我一下子就慌了神，不知说些什么才好。阿玉却大方地向我伸出了手，微笑着说："凝皓，随便走走好吗？"我机械地点了点头。我们漫步在美丽的校园里，任风轻拂着年轻的心绪。阿玉缓缓地说："你的信我看了，谢谢你对我的信任与看重。其实我很早就认识你了，初中我们就在一个学校，我曾看过你的不少文章。"我静静地听着，一时竟无语。她见我不出声，接着说："你一直以来都很消沉，我也明白那是为什么。但人总不能活在过去的回忆中，希望你能重新振作起来，我相信你会找到属于自己的那个位置。"那一刻，我忽然很感动。我没有想到，阿玉能如此深刻地读懂我的心灵世界。她对我的理解和鼓励，对身处困境中的我的帮助是可想而知的。由于高考很快就临近了，从那次见面过后，我和阿玉很少再见面。但我没有忘记她对我所说的那些话，我在心里一直很感激她。如果没有她的帮助，或许我还在沉沦之中。

接下来的日子里，我全心投入到了学习中。我开始为大学梦而拼命努力。那天，阿玉忽然托人捎给我一封信，我打开一看，上面写道：

凝皓：

  马上就要高考了，请相信自己，只要付出了，我们辛勤的汗水一定会换来沉甸甸的果实。今天离高考还有99天，从今天开始，我会每天送你一份祝福。

阿玉

看着这封信，我心中的感动是难以言表的。我只能在心里默默地说："谢谢你，阿玉，我每天也会把同样的祝福送给你的。"在此后的日子里，阿玉真的每天都托人送一封信给我，有时是短短的几句话，有时里面只放了几颗漂亮的幸运星。她的鼓励和祝福就这样伴我行走在那段人生最艰难的岁月里，给了我一种莫大的前进的动力。

那个七月过后，我终于如愿以偿地走进了大学。我知道，我应该感激那个名叫阿玉的女孩，是她帮我重新点亮了那盏青春的希望之灯。我将永远珍藏着那99封信，因为它将是我生命中永恒的99份祝福。

编辑心语：

应该感谢那些在人生关口，启发和拯救我们的人。作者文字优美，感染力强。

蓝色的天空

陈　林

　　回想那个星期天，那些友好的朋友不仅帮我走出自卑的阴影，而且帮助我理解了一点：遗憾有时也能使人们的生活变得更有意义。对于他们告诉我的、那个我不知道姓名的女孩的故事，我始终深信不疑。

　　自打高中毕业没能通过对口学院的考试起，我就从内心感觉到了失望和屈辱。没能在学校里继续求学，让我多么的遗憾呀！因为那需要更加努力地学习，而我却没有勇气再试一试。在我看来，未来是暗淡的，这似乎影响到了我的生活。那段时间里，生活的天空一片灰暗。每一天我都在毫无意义地耗费着时间，而许多日子也就像风一样的过去了。

　　我一直没能找回自信，也再没有和其他的同学联系过——除了阿桃之外，他家住得离我家很近，我们从小就在一起玩。

　　直到中学同学聚会那一天，一切都似乎不一样了——我记得，是一封淡蓝色的邀请函将它带到我的身边。

　　那是一个星期天，我中学时代的一个同学安突然将邀请函送到我家。看着它，我想了很久，终于决定去见一见老同学们。至今我对安都很感激，因为他在一旁静静地站着，耐心地等着我，直到我决定和他一起走出家门。

　　我们大多数同学很少来海涛公园，因为学业负担都很重。实际上六月的海涛公园非常美丽，在那里，每个人都能感觉到与大自然亲近是多么令人心旷神怡。我们大家都像孩子一样互相亲热地打招呼，开始了热情而海阔天空的交谈。大家传递着彼此在校园舞台的一个个亮点，我们高兴地在公园里欢笑，看着他们经历岁月却没有变得陌生的面庞，我似乎也回到了中学时代。

我们来到了湖边停下来休息，那是海涛公园一个很著名的旅游地点。当我们愉快地聊天时，女孩瑞琪出现在我们面前，她曾经是我们班级的优秀学生。瑞琪对我说："知道吗？陈林，我们将告诉你一个秘密。"我感到非常奇怪："是什么呀？"他们互相看了看对方，然后安说："你知道我们班曾经有一个女孩非常喜欢你吗？她总是在我们面前提及你，说你是一个单纯、英俊并且勤学的男孩。可当我们想要告诉你这件事情时，她坚决地反对。因此我们决定了：我们不会告诉你，直到我们中学毕业，一起进入大学之后。但是我们一毕业，就失去了和你深入接触的机会。本来我们以为你决定了自己的生活方式，但是听阿桃说原来你并不快乐。我们就决定为你开个聚会，也顺便告诉你这件事。"

我一时有些不知所措。阿桃紧紧看着我的眼睛，对我说："陈林，你不会生我的气吧？是吗？"瑞琪好像不想让我回答这个问题，马上接着说："你难道不想知道她是谁吗？陈林。"

"哦不，我当然想知道。"我好像突然学会了说话，笑着问道："谁？她是谁？……她今天来了吗？我都不知道该不该相信……事情来得这么突然。"他们都微笑了："我们不会告诉你她是谁的，但是请记得：有一个漂亮的女孩，曾经非常喜欢你！"安说。"单纯、英俊并且勤学，看来她很清楚地看到了你的优点呢！"瑞琪也微笑着说。

听到他们的话，我发现蓝色的天空下湖面看起来是那样美丽，阳光暖暖地照在身上，一只蜻蜓在我周围飞来飞去——在那一刻，我的心充满了香甜的淡淡遗憾。逐渐地，在我的头脑里出现了一幅场景，我看到一个男孩正在温柔地凝视一个漂亮的女孩，并且我也看见了我自己——那个男孩，正趴在桌子上写着一些东西。我的思想无法遏止："我是这样幸运，因为我曾经拥有了一个女孩最真诚的感情，尽管我不知道她是谁。"

当那个星期天我从海涛公园走出来时，我和同学们互相告别。我以从未有过的平静微笑看着他们的背影远去，我知道自己也从自卑的阴影中走了出来，并且把蓝色的天空深深地印在了我的心里。

半年以后，我通过自学使自己获得了一张理工学院的入学通知书，回想那个星期天，那些友好的朋友不仅帮我走出自卑的阴影，而且帮助我理解了一点：遗憾有时也能使人们的生活变得更有意义。对于他们告诉我的、那个我不知道姓名的女孩的故事，我始终深信不疑。

我难忘那蓝色的天空……

编辑心语：

心中种下太阳，就不惧怕没有阳光。作者善于制造悬念，故事情节跌宕起伏，读后给人一种鼓舞的力量。

父 亲

徐亚男

我要为父亲做点什么，比如快乐、幸福的事。也就是从那夜起，从那个念头诞生起，我结束了成绩平平、糊里糊涂的颓废生活。我对自己说："从现在起，让我开始为做第一件能让父亲开心的事而拼命吧！"

在男人堆里，父亲极平凡；但在我眼里，父亲是极伟大的。我常想："世上有一百种人，便有一百种父爱。"那么父亲的伟大就应该在于他对我的那份独一无二的爱吧。

常不止一次地回想起小时候骑马坐在父亲肩头被他从幼儿园接回家去的情景。那时候还未放学，就倚在教室门口，眼巴巴地望着父亲走来的方向，心里是近乎焦急的盼望，当父亲神采奕奕地出现在我的视线中时，小小的心再也按捺不住喜悦，狂奔并大呼着："爸爸！"父亲这时也看见了我，笑容迅速在脸上荡漾开，无限深情地高举过头，端正平衡地放在他宽厚的肩膀上，每当这时，我总是高兴得近乎骄傲自豪，回头看那些还在门口翘首企盼的小伙伴，一股由衷的幸福感在心中蔓延，觉得自己就是个美丽骄傲的公主，正由忠实的卫兵送回金碧辉煌的宫殿。

我不知道为什么多年以后我还能如此清晰地记起小时候和父亲在一起走过的很多情景，也说不清为什么随着年龄的增长，我对父亲越来越依恋。但我知道：父亲在一刻不停地用宽容、理解、关爱来巩固我们之间的亲情。

我不是天生善解人意的乖乖女，也曾和所有青春期的少男少女一样，因为年少冲动的想法和行为不被大人理解而和他们怄过气，吵过嘴，但父亲劝我时却从不像一般的父母劝诫孩子那样，把一件事的后果说得面目全非、触目惊心，动辄还以自己的经验为榜样以免孩子重蹈覆辙。父亲总是用极耐心且平静的语气说："这件事你是否真的想清楚了？你能设想一下自己在目前情况下做了这件事的后果吗？你能保证不会后悔吗？"完全是一种推心置腹的朋友式的征询，让你不由自主地静下来重新思索，而最后的结果往往是我放弃了许多以后看来是多么愚蠢可笑的行为，并庆幸自己没做，证实了父亲的话是对的。

父亲是安静的。每当我在他面前眉飞色舞地谈论着什么时，他总是默默地听着，专注地望着我，这常常会使我更自信于话里一定有某种引人注意的地方，于是也会更投入地"演讲"下去，而父亲此时也会随我情感的变化而变换着脸上的表情，只是依旧不言语地听着，就好像在为舞台上的女主角极力创造个人发挥的空间。现在我已不记得当时演讲的内容了，但我今天在面对任何困难时的自信不得不说是从小就开始培养的，而这些都得归功于父亲。

现在，我正在远离父亲的另一座城市里，站在梦寐以求的大学校园里，走在夏夜里凉风习习的林荫道上，心情无比舒畅，不由得又想起了父亲。我的今天是自己努力奋斗的结果，而正是父亲给了我奋斗的力量，使我从一度浑浑噩噩的生活中走了出来。一切还得从高三那年的那个雨夜说起，那之前我是极颓废的。

那天最后一节晚自习时下起了大雨，我知道父亲一定会来接我，果然，放学后父亲穿着他那件大大的灰色雨衣守在门口，手里拿着我的雨具。他没脱雨衣帽，雨水随着帽檐滑落到他脸上，他胡乱抹了一下，就马上把雨衣套在了我身上。我们一前一后地走在楼道上，灯光很昏暗，我走在前，父亲在后。可就在快到一楼的拐角处，可能是因为脚下太滑，父亲竟一跤跌坐在楼梯上，一只手抓着栏杆，另一只手撑在地上，我当时脑子里来不及想什么，马上上前扶起父亲，急切地问他摔着哪没有，父亲若无其事地对我笑笑："爸爸老了！"却掩饰不住自嘲的尴尬。

走出学校，我有意跟父亲拉开距离，他在前，我在后，我怕我抑制不住的泪水被父亲看见。耳边不停回想着父亲刚才说过的话："爸爸老了。"是的，父亲确实老了，肩膀已显得单薄而瘦削了，背也有些佝偻了，虽看不清他头上的白发，但我想那是一定真实存在的，除去岁月的痕迹便是为我的缘故了。父亲一定不愿让我看到他日益苍老的尴尬，他想在女儿面前永远做个神采奕奕的铮铮铁汉。我突然就有了一种强烈的愧疚感，顿时产生了一个不可遏制的念头：我要为父亲做点什么，比如快乐、幸福的事。也就是从那夜起，从那个念头诞生起，我结束了成绩平平、糊里糊涂的颓废生活。我对自己说："从现在起，让我开始为做第一件能让父亲开心的事而拼命吧！"我知道：我在为父亲，也为我自己。

拿到大学通知书的那天，父亲很高兴，看到他开心，我心里也觉得很释然，尽管我已由最初的激动复归平静。

送我走的那天，他把行李递到我手里，犹如举行交接仪式般郑重，我知道那里面寄托了他无限的关爱与期望。车开了，父亲依旧伫立在原地，目光专注地望着即将远去的我，起风了，风掀起他的衣角，我看见在风中向我微笑招手的父亲像株苍老的白桦，我的眼眶湿润了，一种不可推卸的责任感油然而生。

父亲，你一定知道女儿不忍离开你，就像你不舍得放我离开一样。但你毅然把女儿放回社会，让我自己去认识世界，再不像小时候那样，两手紧紧揽我入怀，生怕我受到一丝一毫的伤害。我也终于明白正是因为有了千千万万像你一样的父亲让儿女雄鹰般地搏击长空，我们的生活才会一天天地丰富美好。

父亲爱我，在千百种父爱中，绝无仅有。

编辑心语：

作者通过一个个故事的描述，一个慈祥博爱的父亲的形象展示在读者的面前。文章语言朴素，富有极强的感染力。

8
CHAPTER

第八章

永不褪色的青春

青春的你幼稚单纯、热血沸腾，青春的你懵懂无知、无惧无畏，青春的你美丽浪漫、糊里糊涂……青春如此缤纷绚丽，不知你是否曾好好珍惜。有人说青春是人的一生中最得意的一段时光，你怎么去珍惜都不为过，但是无论你怎么去珍惜都会留下遗憾。

拥抱生活

刘堂斌

　　人看生活是一双眼睛，生活看人也是一双眼睛。你眼中的色彩就是生活的色彩。一个人活在世上，不是让生活日渐沉重你的肩膀，也不是让生活过于世俗而失去你的纯真。你手中的鞭子应该用来驾驭生活，而不是让它破坏你的音容。

　　无论我们如何憧憬如何恐惧，生活依然按照不变的步伐向我们走来。
　　我们都有着那么多的理想那么多的希望，在生活的真实面前，如今俯首可拾的究竟有多少呢？我们都一样地曾无语问天。那样一种成长的无奈，正是生活。那刺破少年梦的锋芒，赋予我们一种阅历一种思索。
　　生活究竟是什么呢？我们不停地寻找答案。
　　为什么总有那么多的哭泣那么多的抱怨？为什么会有那样的惨白那样的颤抖？为什么天空总是狭小语言总是枯燥？为什么拼命为什么痴迷？……太多太多的为什么伴随着四季潮般涌来。年轻的心似乎永远找不到一处栖息的枝丫，找不到属于自己的荆棘或王冠。
　　生活，如同一张网。在这张网里，我们无可逃避。
　　也正因为无可逃脱，我们才义无反顾地选择拥抱生活。
　　人看生活是一双眼睛，生活看人也是一双眼睛。你眼中的色彩就是生活的色彩。一个人活在世上，不是让生活日渐沉重你的肩膀，也不是让生活过于世俗而失去你的纯真。你手中的鞭子应该用来驾驭生活，而不是让它破坏你的音容。
　　张开双臂呐喊，年轻的躯体总是莫名的激动，伴随着日升月起，我们也一天天屹立于生活浪潮的冲击之中，变成雄伟，变成刚强，变成理想中的样子——或许只是一滴水、一叶草木，我们仍然无怨无悔。

走入年轻的季节，生活的风景线缤纷进入我们的视野。无论是笑容还是泪水，这都是生活的赐予；无论是酸甜还是苦涩，这都是生活的真实——但是，没有人安排，没有谁在冥冥中主宰，如果你愿意，你就是上帝，上帝就是你。从来没有与生俱来的命运。一切，靠你自己，靠你的头脑，靠你的双手，靠你的双脚在生活的荆榛间走出一条灿烂无垠的大道来。

编辑心语：

只有你先张开双臂拥抱生活，生活才会反过来拥抱你。文章语言清新而有活力，给人一种美的享受。

美丽，向人生持续

詹求源

走出心灵的樊篱，你定会惊诧天地间的明丽，抛掉忧郁的叹息，你生命的荒原定会开满迷人的野花，即使是小小的独放，即使是刚开放便凋谢了，这一切一切都是那样美丽，那样动人……

或许，捻熟了一段岁月，在追忆中你叹息人生苦短；或许，在吹灭生日烛火时，你感到莫名的寂寞和空虚；或许，在多次失望之后，你对一切感到绝望……

不要因为回味过去而怨叹岁月如行云流水，不要因为深夜独拥一枕泪巾而认为追求永远潮湿黏稠，更不要因为一点挫折而放弃更多的挑战……不要，不要为自己筑一堵厚厚的心墙，不要把自己锁在一块狭小的天地里。

青春年少，浪漫成性，我们常常因自己的执著而感动，为了能让纯真的梦早日绽放光彩而做了许多幼稚可笑的事情，但我们应当无悔。伴随青春的是生命的浪漫，我们怎能摒弃这生命中的美丽和真实？

正因为我们这样年轻，我们才有勃勃的豪情，孜孜的追求。是太阳，就应该发光发热；是雄鹰，就当展翅搏击天空；是山，就应有山的坚韧；是海，就应有海的浩瀚。我们是如此年轻；如此拥有青春美丽的宣言，又何必"为赋新词强说愁"而让自己沉浸在无奈的悲哀中；何必让声声不属于我们这个季节的叹息驻在心头，挥不去，抹不去。既然要立志要当一名水手，就不该怀疑自己能否搏击风浪；既然有勇气敲响一扇扇神圣的大门，就应用心啼听这回音是悲烈还是悠长。哦，朋友，奔放起来，年轻的激情定会燃尽一切灰色的云，潇洒起来，年轻的活力定会荡平淤积在你心底岁月的浮尘。

你相信吗？我是如此真实地相信——

我相信，只有对生活充满无尽的热情，我们才会享受到无穷的乐趣；我相信，失望了并不意味着绝望。失望了，还可以拼搏还可以争取；而绝望了，只能任自己一步步走向这人生的沼泽地，而且我始终相信，只有岁月的风雨，才会把我们稚嫩的梦雕饰得更完美、更真实。

朋友，你相信吗？

走出心灵的樊篱，你定会惊诧天地间的明丽，抛掉忧郁的叹息，你生命的荒原定会开满迷人的野花，即使是小小的独放，即使是刚开放便凋谢了，这一切一切都是那样美丽，那样动人……

只要这份美丽向明天向人生持续，那么，一切的一切又怎会无望呢？

编辑心语：

文章语言浪漫娴熟，主题积极向上，催人奋进，给人以战斗的力量和勇气。

永葆激情

卢 璐

你对生活笑，生活也对你笑，在我们接触冷酷的现实时，能经受住考验，能用永不衰老的激情对待生活就能把自卑变自信，把忧郁变为乐观。

正值青春年少的我们，需要运动更需要有激情，用自己的勤劳汗水填充青春的空白，用笑容去打扮缤纷年代，用努力拼搏拥抱每一天，让生活不再平淡，让青春充满激情。

不过生活摆脱不了失败，我们不因为失败而失去年轻的豪情和傲气。当我们面对生活中时起时伏搁浅的迷蒙沙滩时，我们不退缩，因为一个人既然来到世上就要敢于面对现实和生活，哪怕现实和生活多么残酷。

尽管有许多人遭遇不幸，但我们不应把不幸看得太重，那只会更加不幸。因为在五彩缤纷的生活中还有美好的东西，应该为美好的东西而生存。正如一句话所说的"就因为追求充满痛苦，你就停滞追求的脚步？"

就因为太阳还有黑子，你就漠视太阳的金光。生活不是一帆风顺的，只有充满激情充满自信，生活才会对你绽开笑容。

例如历史上著名的二万五千里长征，我们的红军正因为有了永不改变的激情和坚定不移的革命信念，不怕困难的革命热情，所以红军能历尽千辛万苦，克服了许多艰难险阻经过十一个省取得了长征辉煌的胜利。近来一部《激情燃烧的岁月》不知感动了多少一代又一代的人。正是因为男女主人公对生命充满激情，才完成了世上最壮丽的事业。

是啊！正如一首歌里唱的，你对生活笑，生活也对你笑，在我们接触冷酷的现实时，能经受住考验，能用永不衰老的激情对待生活就能把

173

自卑变自信，把忧郁变为乐观。

　　让我们用青春呐喊，用年轻的生命对学习对生活或一切的一切永葆激情吧！

　　编辑心语：

　　只要我们拥有青春的心灵，就没有什么可以阻隔我们澎湃的热血。文章以抒情的笔调，诠释了青春的含义和生命的意义。

激情燃烧的岁月

张　欢

青春的岁月将成为历史。然而这一段岁月却可以在你我心中镌刻下这四个字：青春不悔！

青春是酒，岁月是歌，花季梦季酿出了醉人的青春酒。那酒是激情的火，是醇醇的情。那酒是驿动的心，是飞翔的梦……花季梦季创作了不老的岁月的歌。那歌，是渴望长大的呼唤，是拥抱太阳的宣言……

常常听到同龄人抱怨青春的平淡与乏味。感叹青春的岁月在一本本枯燥的习题，一次次疲劳"体能素质练习"中悄然而逝。

然而，当时间流转，青春将成为一本本泛黄的日记时。再回忆起这段岁月，你会发现我们用青春的勤勉换回的知识宝库的通行证，得以在这座伟大的宫殿中自由行走。我们用青春的"平淡"与"乏味"换回的是多彩而绚丽的人生，我们用青春的梦想铺起的是通向示来的路，每一步都意味着艰辛。

回首从前，看到那一串坚实的青春足迹，你会发现你寻到了真正的幸福———一个充实、拼搏、向上的青春！

那些美丽的感伤，诗意的幻想，都将在生活莅临的一刻被轻轻击碎，甚至在剩余的所有日子，永远没有重新拾起的机会。

也许，多年后回首，这样只留下年少轻狂的幼稚。只有强赋新愁的无知。但或许正是这羞涩、这热烈、这激情、这幼稚，这无知，才最忠实地属于这有血有肉、原汁原叶的青春岁月。

青春的酒，芳醇、甘洌。只有珍爱岁月善待岁月的人，才配细细啜饮……岁月的歌，脆亮、悦耳，只有拨动青春的琴弦，才会有心与心的共鸣……

在蓦然回首的刹那，没有遗憾的青春才会无怨恨，如山冈上那轮静静的满月。

青春的岁月将成为历史。然而这一段岁月却可以在你我心中镌刻下这四个字：青春不悔！

编辑心语：

青春是一生中最美丽的宣言，把握青春就是把握未来。作者语言清新明快，富有韵律。

哦，十八岁

彭苹

十八岁的我像刚出壳的小鸡，好奇地看着陌生的世界，扭动着轻盈的身躯，想飞上辽阔的天空，飞过蓝天。带着幼稚、单纯，渴望成熟，去寻找一片自由广阔的天地。

在悄无声息的日子里，时间流逝，日月如梭，日历一天天地翻过。转眼间，我告别了那缠绵的雨季，踏进了多姿多彩的十八岁的大门。

十八岁的我像刚出壳的小鸡，好奇地看着陌生的世界，扭动着轻盈的身躯，想飞上辽阔的天空，飞过蓝天。带着幼稚、单纯，渴望成熟，去寻找一片自由广阔的天地。

想象这样起风的日子，天上飞满了风筝，绚丽的色彩在空中招摇，似乎忘了线的束缚。我望着蔚蓝的天，还有渴望自由的它。

风筝固然飞在天空，可它更渴望拥有另一片天空——自由。我想如果放开它，终有一刻它会从空中飘落下来，那它为什么固执地挣扎要逃离线的束缚？

十八岁的我渴望友谊遍天下，因为友谊是最珍贵的。当我收到好朋友的来信，心中的喜悦是无法比拟的。我时常站在窗前，透过这里，寻找友情，寻找理解。

十八岁的我也是孤单、沉默。在寂静中，我常把自己的感受写在日记本里，有时候拿出来，细细品味深沉的忧郁带来的那种惆怅、那种失落、那种迷茫。在沉默中，找到沉默后面的那块开阔的土地，那是片生命的绿色。我的眼里装满了它，它是十八岁的主色调，绿色象征着蓬勃和朝气。

十八岁的我怀着无数的幻想，高举着生命的旗帜走向生活。尽管我不知道前面哪里是礁石，哪里是沟壑，但我会凭着一种博大的胸怀去拥抱生活。面对生活，我让激动的泪水流尽脸上的悲哀；面对过错，在痛悔和罪过的同时去击败它，勇敢站起来，对未来进行一次新的开拓。

十八岁的我深信我的未来不是梦。我要勇敢扬起生活的风帆，驾起自己的生命之舟。我要不畏艰难险阻，艰苦跋涉；我要劈风斩浪，勇往直前。

哦，十八岁，我会微笑面对你，因为我还年轻。

编辑心语：

十八岁是花一样的年龄，十八岁也是充满梦想年华。文章采用排比的句式，增强了语言气势。

青春同路

刘文景

蓦然回首，曾经走过了多少有情相伴的日子，风雨中，百合花正放声哭泣，依然滴滴答答，没有芳香的玫瑰无奈地垂下了高贵的头颅。

踏着轻盈的步子，迎着和煦的微风，走近那段浪漫的岁月，找寻那扑朔的梦。

随梦精灵飘舞的我们享受着快乐，思绪却任由飞逝的彩虹引向天际。

青青的湖水，荡漾出欢愉的波浪，静静的湖畔，执著等待我们的驻足。凉凉的小草在脚边留出一片灿烂的绿意，停留在湖畔的鲜花在骄阳爱抚下，发出迷人的魅力，招来一大群蜂蝶缠绕其上。

如诗一样的年华，让我们相识在那个夏天，夕阳西下，忧愁的我无意中邂逅了迷茫的你。同是天涯沦落人，一样的心情让你我走在一起，在湖边你轻盈地引我去倾听"梦里的水乡"，此时的你顽皮地拨弄着水波，轻柔地哼着歌，让微风亲吻你的脸，沉浸在花样的年华里，我始终带着忧愁，伴随着你，不为别的，只为你那双曾经迷茫的眼神，或许下一刻我们将各奔前程，将永远无相见的日子，这也没有什么可遗憾的，人生匆匆如流水，长聚短聚终归迟早要散的，无人相随照样可以畅游湖畔风光。

蓦然回首，曾经走过了多少有情相伴的日子，风雨中，百合花正放声哭泣，依然滴滴答答，没有芳香的玫瑰无奈地垂下了高贵的头颅。

漫漫长路，任人独涉，最美丽的笑容后面也会隐藏着毒刺，再灿烂的阳光也会有被乌云遮掩的一天，往事如风，真叫人难懂，告别那昨日的伤痛，恢复昔日的豪情，在无际的平原中放声歌唱，年少时，不可避免的轻狂，宣泄出无奈的独白。提起生疏已久的画笔，用力地在纸上挥舞。绚丽多姿的画面不再出现，几笔凌乱的线条，打发不了泛白的画纸，曾经活跃在油墨深处的飞鸟走兽，已经沉睡不知归路了！

漫漫长夜，无心入睡，雷鸣中，寒风迎面吹来，吹凉了未做完的梦，雨滴随意的飞溅，化作飘逝的凉意，惊醒了恍惚的我。

悲伤的往昔，已被凉爽的气息冲淡了。再次踏入湖畔时，泪水无情地滑下。天空依然明静，依然有情人相依在繁花丛里……

孤独的落寞无意侵入心湖，泛起层层水纹，依稀还懂得逝去的无奈。

几度风雨中，经历的痛苦和痛苦的经历，时时伴随着。无意中，发现镜中人曾几何时冒出了胡须，如野草样的繁茂，才知道，一直与青春相随，"太阳下山，明早依旧爬上来，花儿谢了明年还是一样的开，美丽小鸟一去不见影，我的青春小鸟一样不回来……"

正处于青春途中的我们，无需忧虑，"春有百花，秋有月，夏有凉风，冬有雪"，让我们欢乐的与青春同路吧！

编辑心语：

走向青春的路上，要带上一颗青春的心灵。文章语言优美，富有诗意。

青春的意义

冰 山

阳光可使每一颗心保持着青春,不枯朽,不衰竭。年龄绝不是青春唯一的标志,只有那些充满了理想和热爱的心灵才真正懂得青春的意义。

生日蛋糕上二十支蜡烛一点,大步一迈就嘻嘻哈哈不识愁味地跨进了二十一岁的门槛。待到回首,才发觉通过的门紧紧关闭着,任你千呼万唤不予理睬,只有往前去的一道道大门笑口大开地迎着你。有人说:一过二十,岁月如流。那么,在这个最充满朝气和神奇的青春期,这个青春期最关键的一刻,有必要来认真地理解一下青春的意义。

童年是一场梦,少年是一幅画,青年是一首诗,壮年是一部小说,中年是一篇散文,老年是一套哲学。人生各个阶段都有特殊的意境,构成整个人生多彩多姿的心路历程。其中青年时期是一个最美好、最宝贵的阶段。人生都是一遍经历,就得在这一遍经历中活出多种滋味来。

然身为当代年轻人中之一员,更了解这一族的长短。有些怀古感伤之君长吁青春短暂,胸有豪情壮志,一路拼斗,一路碰壁,结果事业未成,回首青春已逝,于是乎大叹创业大势已去,殊不知,青春的内容就是尝试。青春虽逝,但你得到的是经验,拥有的是资本。更有宿命之徒,他们身上的暮气太重,还没怎样受挫就已鸣金收兵,以为青春已去,生命皆去,真不知道这些人的肩头能承受多少重负。

为什么感叹青春短促,功业难就,殊不知时机就握在你手里。我们知道,一口钟悬挂在树上,用钝重的簧舌去敲打它时,它响遏行云,这样子日久天长地敲下去,钟必然毁坏,但它的生命已化作了铜质的歌声。一口钟不被敲打,日晒雨淋风霜侵蚀,也必然锈成一堆废铁。一个人,一生要"死"许多回,每一回的"死"都如同蛇的蜕皮,因此而有新生。

但如若全同蝉蜕，将空壳留在枝头，自己在深秋的寒风里凄然绝响，一旦抱有悲观的态度，就是彻底的失败者。更何况青春只是一生中的一小部分。何为青春的意义？青春的意义不是年轻，那是一种对生命的投入的理解。青春意味着代价，有失去才能得到代价。青春还是一簇圣火，它能燃出成熟，一时间，你懂得了付出，懂得了责任，懂得了宽容，懂得了脚踏实地……那么青春就离你远去了。在阳光下行走时，我想，这阳光可使每一颗心保持着青春，不枯朽，不衰竭。年龄绝不是青春唯一的标志，只有那些充满了理想和热爱的心灵才真正懂得青春的意义。

编辑心语：

青春的年龄需要青春的心情。作者行文自如，语言娴熟。

珍惜拥有

杜 涓

有人说，人生来就是孤独的。是的，周围的人如生命旅途中的过客，来去匆匆，留不住的是光阴，是美好的形态，是可爱的内在。

记得第一次挂上钥匙，我神气地跑到山上去玩。阳光明媚，和风送暖，我突然有了个念头，想知道钥匙不见了是怎样的一种情形。不知不觉间，我把钥匙绕在手上转了起来，还好玩地看它越转越快。钥匙渐渐不受控制，最后竟脱手飞了出去。我含着泪水找遍了整个山坡，却再也找不回我的钥匙。当暮鸦声声，倦鸟归巢，吹来的风变得刺骨，我再也忍不住，对着漫天的血色云光大哭起来。

从此便怕了失去的感觉。当心爱的画纸被撕毁，当妈妈不小心弄坏了我的项链，我哭得撕心裂肺，我只知道我再也画不出那样好的画，再也没有那样喜欢的项链了。可当我最敬爱的老师住院到去世，我都没有哭，我觉得闷闷的，但没有哭。随即，我的奶奶、外婆相继去世，疼我的人一个个走了，我还在茫然四顾，不知道那究竟意味着什么。

忽然一个不曾设防的夜晚，梦见我的老师还在讲台上讲课，我的外婆站在山坡上等我，奶奶叼着旱烟袋……午夜梦醒，拼命回忆也留不住梦里的快乐时光，我终于蜷起身子，无声地痛哭，就像多年前的那个小小的女孩。

有人说，人生来就是孤独的。是的，周围的人如生命旅途中的过客，来去匆匆，留不住的是光阴，是美好的形态，是可爱的内在。而如果这世上没有了亲情、友情和爱情，我们还在这凡俗的人世中走一趟做何？让我们为所拥有的一切欢呼喝彩吧，既然没有天长地久，就请你珍惜拥有。

编辑心语：

珍惜现时的拥有，我们便不会后悔。文章夹叙夹议，行文流畅，给人一种美的享受。

动起来

刘　剑

　　"动起来……"随着音乐起舞吧！跳出一份美丽，舞出一份精彩，摆出一份活力，让生命更灿烂，让生活更多彩！

　　渐渐地，春天来临了，现在已是惊蛰时分，此时冬眠的动物开始苏醒。

　　惊蛰前后，雨是最寻常的，一下就是三两天，有时天际轰响了隆隆的雷声，仿佛天兵天将骑着天马在天空驰骋，敲着战鼓，与美猴王战斗，那电光正是他们兵器相碰时的火花，也在这最烂漫的时候，外界的声响震得大地颤抖，连冬眠的动物也为之一惊，加上雨水下渗，天气转暖，冬眠的动物开始苏醒过来，正准备出洞进行新的一年的生活。

　　此刻不知怎么，人的心情也开始躁动起来，总感到不那么舒心，因为雨水的缘故，人的心情也是阴的，有篇文章这样说道："心晴的时候，雨也是晴；心雨的时候，晴也是雨。"心雨加上雨，显得更加阴晦，可是即使在这雨天也并非都让人失望。偶尔，天空会使你心情舒畅，雨中，本来一片蓝黑的天空也竟绚丽起来，由北向南，由深到浅，层次起伏连绵，色彩各异，由蓝黑变为蓝，再到浅蓝，紧接着紫、浅紫、紫红、紫红、橙黄……一层层，一片片，如一条彩带挂在头顶，伴着雨水，那雨水显得更加晶莹剔透，闪着光芒，与彩带共成一帘美丽的帘幕，一条割不断，挑不起的水晶七彩帘幕，使见者的心忽地轻松起来，紧接着心头"腾"地升起一种莫名的兴奋。

　　朱自清曾在《春》中描绘春雨，写得那么优美，那么动人，眼前一片正如《春》中所绘"像牛毛，像花针，像细丝！"这也正是春雨喜人之处。

花儿早已开放，树儿早已发芽抽枝，一切都在你无意识之间发生，只是偶然的，一个瞬间，因此你无法看到，可你能感受到，泥土正散发出一种清香，风儿变得柔和，紧缩身子一冬天了，该出来舒活舒活筋骨了，该动起来了，农民此时也从闲暇中抽出身来，为农事而忙碌了，我们也该动起来了，身体动起来，心也要动起来，这样整个春天才更充满生机、活力，才更美丽。

　　"动起来……"随着音乐起舞吧！跳出一份美丽，舞出一份精彩，摆出一份活力，让生命更灿烂，让生活更多彩！

编辑心语：

　　一年之计在于春，生命在于运动。文章语言充满青春活力，读后给人一种鼓舞的力量。

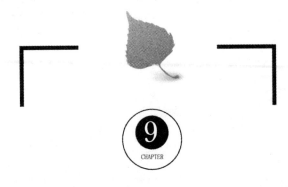

9

CHAPTER

第九章

静听雨落花开的声音

怀一颗悠然的心，让心窗看到人生的美景；品一曲高山流水，让心灵走向沉静。人生平安就是你我之福，何必太多的计较？放松自己的心灵，回归自然，世界那么多的美丽，那么多的快乐，何必让忧愁，烦恼独居我的心房。平凡的日子最好，最美。闲看庭前花开花落，漫随天外云卷云舒。

真的好想哭

刘堂斌

真的好想哭，哪怕就一回。

认识我的人没有一个不说我是一个很开朗很快活的人。每日笑逐颜开，做事风风火火，聊天眉飞色舞，甚至有许多人跑来垂询快乐的秘诀。

其实他们都不知道，我一点儿也不高兴。我常常想哭，很早以前就想。

只是我一直没有哭罢了。

村里那个掉光了牙齿的接生婆婆对我说："你刚落地那会儿，啥声响也没有，俺狠狠拍你两下，还是没声儿，你娘当时就哭了，说怎么生下了一个哑巴……"

我不是哑巴。小学四年级时，邻村一个大男孩天天揍我，经常打得我鼻青脸肿，我就会说话。我总是咬牙切齿地说："好，现在算你狠，我迟早有一天打得过你！"后来有一天我真的把他打翻在地揪他半死。但在那以前每次放学他都把我堵在路口当马骑，我膝盖磨烂了，都没哭。

小学五年级时第一次看《少林寺》便入魔般迷上了觉远和尚那飞檐走壁的轻功，也学着带领一帮小兄弟从二楼往下跳，小妹回家告诉了母亲，母亲毫不客气地让我吃了一顿"竹笋炒肉"，并喝令我跪下认错。小妹在旁边不停地劝我："哥你跪啊你跪下啊……"竹棍打断了两根，我始终没有哭，也没有跪下。最后跪下的是小妹，她哭着抱着母亲的腿："妈，您别打了！您别再打了！"

也曾流过泪，但并不是所有的流淌都能叫做哭，更多的是感动。小时经常偎坐在奶奶身边，坐在古铜色的月亮底下，听奶奶深深的皱纹里汩汩流出的古铜色的故事。梁祝啊，吴刚啊，嫦娥啊，我常常在奶奶苍老而温柔的声音里，因为爱和善良，像女孩子一样，开始了人生一次次美好的流泪。但那时候我只是一个无知的孩子，一个纯真的孩子，一个不明飞行的孩子。

几年前某夜，在九江候船室门口，我遭到一伙地痞的围攻劫掠，我遍体鳞伤身无分文又冷又饿，躲在一个避风避雨的角落里休养生息。半夜里来了一个老乞丐对我破口大骂，意思是怪我"鸠占鹊巢"占了他的"行宫"，他骂了很多难听的话。一想到自己一个堂堂大学生，竟然沦落到与乞丐争地盘的地步，不禁悲从中来，仰天长啸，泪落如雨。路人视我为怪物，但我没哭。

记忆中令我泪水最多最长的是一件难以让我启齿的事——小时候尿床。不论我睡前如何提高警惕"防洪抗灾"，但几乎每天晚上都是波涛汹涌、水漫金山。我曾在另外一篇散文中写道："我的童年是在水深火热中度过的。"直到读初三不得不在学校住宿，尿床还不时光临属于我的夜晚，以至于第二天早上同学们忙着去教室早读，我还窝在湿淋淋的被筒里不敢起来，被筒晒干后，便留下了一个清晰的不很规则的圆形尿渍，偶有同学瞅见，大嚷起来，喧哗和嘲笑便与尘土一齐在那个乡村校园里飞扬，谁也不知道潮红着脸的我是怎样的一种潮湿的心情，那种又羞又急的感觉真让我泪水滔滔。我受够了那种苦日子。听老人们说，对大公鸡作揖可免尿床。我如获至宝，悄悄把它记在心上，夜深人静时，我偷偷爬起来，慢慢摸到鸡窝前，对着鸡窝里所有的大公鸡深深作揖甚至跪拜。黑暗中一颗幼儿的心灵是多么迷信和虔诚啊！但大公鸡们一点儿也不同情我，梦境依旧是一片汪洋，醒来后，"梦里遥远的水乡它就在我的身旁"，因为困窘，因为羞怕，我常常黯然泪下，但从没放声哭过。

长大了的我早已不再尿床了，但如今的心情常常和那时一样。而立之年将至，双手空空如也；忙忙碌碌而一事无成；父母双亲熬红的眼睛如通明的灯笼挂在我岁月的山冈；太长的坎坷与挫折，太重的苦难与责任，我有一种喘不过气来的感觉；我爱的人在眼前，爱我的人在天边；我的心已是一个布满裂纹的瓷瓶，轻轻一碰也许就会分崩离析不可收拾。却常常接到某一个电话，听筒里一声娇弱凄凉的呼唤总是击中我心中最脆弱的一部分；白天我让自己忙得没有丝毫的闲暇，深夜里我却常常坐起来，摁亮壁灯，燃支香烟，看烟雾在橘黄色的灯光中袅袅飘散，听闹钟的脚步在空荡荡的房间里越走越响，朦朦胧胧中，深爱与痛恨，辛酸与悲喜，委屈与忧愁，孤独与失落便如潮水般将我湮没。这种时候，我特别想哭，想放声痛哭，哭他个天昏地暗日月无光，哭他个声嘶力竭淋漓酣畅。

但是，我不能哭。我不再是那个默默流泪的小孩，我是大人了，尤其我是一个男人，世俗里已有太多的枷锁和羁绊，身后已有各种目光和议论。我只有戴上厚重的面具，露给这世界永远的坚毅和刚强，永远的笑脸和欢声。其实，我很了解自己。

真的好想哭，哪怕就一回。

编辑心语：

男人也会疲惫也会流泪，小孩这样，成人也同样如此。我们何不冲破世俗的眼光，做一回真我？文章读后令人很受启迪。

我心中目的偶像

周颖娟

我崇拜自己。我心目中的偶像是纯洁可爱、自强不息的我。我将努力使我的偶像更加完善起来，最终能成为别人心目中的偶像。

我心目中的偶像既非英雄，亦非伟人，她只是一个平平凡凡、普普通通的女孩。她，就是我自己。

朋友，是否觉得我太狂？的确，我很自信。我也很欣赏自己这一点。虽然我只是个食人间烟火的凡夫俗女，但自我感觉良好。

我，有笑有泪，有爱有恨。我的胸膛不大，注定装不下世间的肮脏和丑恶；我的心河也不够深，常常有露底的忧愁。我憎恨别人的虚伪和嫉妒，也讨厌自己的浅薄和庸俗。我爱个性的表现，但不会刻意追求。我欣赏花之君子"莲"，出污泥而不染。在这纷繁复杂、争名夺利的社会，我要用自己的一双慧眼，明辨是非。

我像林妹妹那般多愁善感，虽没有她的满腹才华，但我始终不断地充实着自己。我爱缪斯，不过很遗憾，至今仍未在报刊上为自己开垦出一方属于自己的园地。但我笃信这句话：精诚所至，金石为开。凭着这个坚定的信念，在一次次地因未中稿而带来的苦闷之后，又毅然拿起手中的笔。

大文豪列夫·托尔斯泰有一句名言：人不是因美丽而可爱，而是因为可爱才美丽。我虽无美丽的容颜，但我完全自信能使自己变得可爱。

世上无完全相同的两片叶子，也没有两个完全相同的"我"。我无须视别人为自己的偶像，只有把握自我、创造自我才是最现实的。

我崇拜自己。我心目中的偶像是纯洁可爱、自强不息的我。我将努力使我的偶像更加完善起来，最终能成为别人心目中的偶像。

编辑心语：

心中的偶像是自己，是一种充满自信的表现，也是在为自己的奋斗施加动力。文章立意新颖，主题鲜明突出。

心灵独白

从现在做起，一步一个脚印，塑造一个全新的自我……

夜，静悄悄。

独自一人站在路灯下，沐浴着清凉的晚风，什么也不管，什么也不做，只任自己的思维放飞。

十七个春夏秋冬，仿佛只是极短的一瞬。记忆中的往事好平淡，如同白开水；往事里的日子好无聊，如同那天空的云。没有一步一个脚印，亦无可喜可贺的成绩，虚度年华，浪费了大好时光。

总以为我就是我，要和别人划出明显的界线来。总认为在雨中散步便是浪漫；总认为皱紧双眉便是有所思，总喜欢学着别人的样子，把头发染成红色，以为这样才够潇洒；总认为自己至高无上，"普天之下，唯我独尊"，目空一切；总认为老师的话是耳边风，放心大胆地去干一件毫无意义的事，哪怕挨了批评也心甘情愿，理直气壮；总认为自己的生活够充实，人生够味道。在经历了许多挫折以后，才感觉到有太多的无奈。

自己原来还是那么的天真、幼稚，是那么的无知、可笑；所有的一切又是那么的荒唐，是那么的不近人情。

不理解美，却一味盲目地追求美；过分地装扮自己，反而失去了原有的、内在的美；彻底地改变了一个人，却得不到好的效果。

不懂得树立形象，却故意做作，抛掉原有的个性，改变了自我，亦不值得效仿。

当拥有时候不去珍惜，只有在失去的时候才觉其可贵。

其实年轻的心只有知识才能充实，知识才是最宝贵最有用的。

保留住当初的感觉，不必让它成为随时间而褪色的永久的回忆！

从现在做起，一步一个脚印，塑造一个全新的自我……

夜深了……

编辑心语：

作者深刻地剖析自己内心脆弱的灵魂，主题积极向上。文章语言优美而富有韵味。

独沐黄昏

余华明

一人独沐黄昏，其乐融融，韵味绵绵。这时群鸟归林，蛙鸣一片。夕阳像守财奴似的，正在收起它最后的金子，只留下斑斑驳驳的光与影，一切即将进入沉寂幽静之中……

黄昏如诗般美丽醉人，又像明月楼上传来的笛韵悠扬怡人。它安排好一个变幻的童话般的世界，蒙蒙微明，给一切披上梦的轻纱。

这个季节眉如柳叶柳叶如眉。我总喜欢在晚饭之余，踏上那条坑坑洼洼的阡陌小路（那条路是学校附近的），未名湖畔优哉游哉乐哉，一直沿着那熟悉的方向。

人说：孤独是一种美丽。

我总算领略了那份逸致，那份情趣。

一人独沐黄昏，其乐融融，韵味绵绵。这时群鸟归林，蛙鸣一片。夕阳像守财奴似的，正在收起它最后的金子，只留下斑斑驳驳的光与影，一切即将进入沉寂幽静之中……

心如止水满怀轻松，一路观风赏景，好不雅悦。看那田园风光，看那村野如烟，却不管旷野无声，四顾无援；看远处的山，线条透迤；看湖里的水，清波荡漾；长桥短桥，如眉似黛柳花芦花，若雾恍烟……所有的美尽收眼底。一路走走、停停、看看、坐坐，是如此的浪漫；此时此刻，此情此景，我仿佛觉得自己是最风流的浪子。

渴了，掬一捧甘泉滋润心田；累了，就坐在草茵上，微风予我一阵清凉惬意，碧草赠我一份轻柔慰藉。

如此的黄昏，如此的沐浴，何乐而不为呢？

一样的小路，一样的心情。每次独沐黄昏，在那路上徘徊，心里的高兴不是用一些文字就可以表达的。我只能这样说：

是一种陶然无限的满足。

是经历后，那一种不再经心的踟蹰。

编辑心语：

在静谧的沉思中，我们的灵魂会得到了洗涤。我们的人生会不再空虚、荒芜。文章语言浪漫而富有诗意。

盼望生病

陶仕红

生命之乐已经奏响，你就只好踩着鼓点，一如既往地走下去。不过如果你生了一点病，就好像音乐换带中出现间隙一样可以找一个理直气壮的借口舒心地休息一下了。

我真的希望自己能生一场大病，将所有的伤痛所有的无奈一起锁进生病的日子，挥去心头的阴影，寻找一处静谧安宁的乐园，洗尽心灵上的一切尘埃，抛下满身的牵牵挂挂，然后打开心扉，向往事挥挥手，大踏步地轻装前进。

在我的思维中，生病是一个多么美好的字眼！

记得小时候，一场小小的病痛就能换得哥哥的百般忍让，母亲的万分宠爱，香喷喷的油炸芝麻团，黄澄澄的精肉鸡蛋汤……母亲端在手里，慈爱地看着我一口一口地吃完。小女孩的心里觉得自己是天底下最幸福的人了。生病真好！生了病的人就不用大清早上坡打猪草，生了病的人就不用吃开水泡饭。生了病的人还有妈妈的微笑伴你入梦。可是生病时光毕竟不长啊，这些难能可贵的日子便一直在我的童年里静静地闪着温馨的光芒。

初三下半年，中考的警钟声声入耳，我却经常头痛脑热，吃不香睡不安，三天两头地上医院。不过这样也好，省得天天听老师空洞的说教。心静脑灵，做起题来特别顺手。再说生了病，老师给你补课，又能掌握好知识又能随心所欲地安排自己。那真是初三大军中罕见的佳境呐！

现在我想得点儿什么病，不为儿时的馋嘴，不为初中的任性，我只想，静静地作一个暂时的休憩。生活太累，太无聊，头脑太乱太空虚！白天忙着听课做作业，晚上忙着处理杂事整顿思绪，一天到晚像只无头苍蝇般乱碰乱撞。生活中不如意事十之八九，天天又被这些烦心事缠得头昏脑涨。而人终是凡人，生命之乐已经奏响，你就只好踩着鼓点，一如既往地走下去。不过如果你生了一点病，就好像音乐换带中出现间隙一样可以找一个理直气壮的借口舒心地休息一下了。用身体的病痛驱去思想的疲惫来换得心理的平衡，这也不失为一种高明的选择。生病的日子，不只可以澄清头脑，还可以总结过去的得失，计划一下明天的生活。磨刀不误砍柴工啊！

如此这般想下去，心里对生病的渴盼便愈加强烈了。什么时候我能生一场不大不小的病，刚好能管住这颗邪门得想生病的心呢？

编辑心语：

渴望生病，是为了获得片刻的宁静与喘息的机会，人生的脚步来去匆匆，我们需要适时的休整，文章立意新颖独特。

月夜偶拾

张　欢

不知为什么，我时常产生一种错觉——总感到月亮出来的时候就像母亲坐在身边。那浓浓的月光就像母亲深情的眼神，常常带给我惬意和温馨。

下晚自习了，我在座位上静静地坐着。等到喧闹的人群散去，路上只存在月光的时候，便夹本书或空手，迎着怡人的月光，缓缓向寝室走，独享那无边的月色。

今晚的月儿可真圆真亮，挂在碧蓝碧蓝的天宇中。柔和的月光轻轻缓缓地洒下来，丝丝缕缕地洒在我的身上，像极了母亲在抚摸我、亲吻我，轻轻地、柔柔地。伴随着轻轻的风儿，我的思绪飞得很远很远……

童年时的夏天，每当夜幕降临的时候，母亲便给我洗了澡，替我换上一身干净的衣服，把我放在竹床上，母亲就坐在旁边，手里不停地摇着大蒲扇为我驱赶蚊虫。母亲用她那满含爱意的眼神和蔼地端详着我。

那时，我一会儿看看母亲，一会儿看看月亮，猛然间我发现：那美丽的月儿啊，正是母亲慈祥的目光——那么圣洁，那么安详！

不知为什么，我时常产生一种错觉——总感到月亮出来的时候就像母亲坐在身边。那浓浓的月光就像母亲深情的眼神，常常带给我惬意和温馨。

人生短暂而漫长的道路上，给你快乐的也许是你的朋友，让你美丽的也许是你的爱人，令你充实的也许是你的事业，但是，使你温暖的必定是你的母亲。是啊，生活不会一成不变的累加。在人的一生中，总会有许许多多的变迁，只有那份情怀总和月亮一样晶莹透彻；只有那份精神总支持着我前行；只有那月亮仍旧在夜空高挂，荧光仍旧漫洒。

母亲是永远的荧光地带。

莹光地带是永恒的母亲。

我被一阵凉风惊醒。抬起头，明月已经偏西了，路上已没有几个人。拜托风儿捎去我的问候，在母亲的心田化作一阵甘霖。

心情舒畅的时候，往往梦就很圆。我想，今夜我也一定能做个圆圆的梦吧。

编辑心语：

母亲的心是爱子的心，清风明月的夜晚，恰似她的温柔。文章语言清新浪漫。

心雨随笔

张　欢

　　在渴望这记忆加速沉淀的日子里，我渴望回到涉世之初，永远地停驻在生命之初那最本质的心境。依然幻想着种种美丽，依然守候一份美丽。

　　窗外，烟雨蒙蒙，但却不属于我。心中的苦闷与酸楚如同这沉闷的天气压抑得我喘不过气来，我漠然地望着窗外的一切。晶莹的泪滴在我的眼眶里打着转，我极力不让它流下来。我知道，一旦流下来了便一发不可收拾。

　　回顾往昔，我发觉自己原来飘忽得如同深秋的落叶，有太多的无奈与无助。曾几何时，我携着迤逦的玫瑰色的梦为生活欢乐的奔波，却弄得这样伤痕累累，于是在雨季里徘徊。或许雨只有落在花上才有激情，正如花开在雨季才更妩媚与芬芳。

　　原以为世界只有令自己向往的精彩，可当自己真正放眼去看时，发现的却是一个令人窒息的世界……什么人情冷暖，什么世态炎凉，什么阴谋诡计统统被自己一览无遗，心中唯一的那份美丽也被抹杀。

　　是自己太幼稚？还是自己太过于单纯？确切地说是太傻！在与这些轨道相互背离时，竟成了这混沌中的牺牲品，但我却无力掀开这层面纱，无论自己作出多大的挣扎，到最后错还是伤痕累累的自己。于是，拼命地掩饰着心中的怒火，拼命压抑着心中的不甘，拼命地去接受，甚至也"心安理得"地随波逐流，义无反顾……为的只是能活得轻松些，不想再为这些琐碎而负累。尽管这很无奈！

　　一不小心，我迷失了方向，被迎面的风浪击得心湿漉漉的。深知"延伫乎吾将返"，无奈何"行速已远"，躲在潮湿的船舱，把潮湿的心晾晾，晒晒太阳又逢上阴雨连绵。

偶尔意识到，自己的心上了把枷锁，锁固了内心的蠢蠢欲动，在走向沉默……我不知道这样是在保护自己，还是在藏匿自己。也许，世界喧嚣，你不做声，是心境最超常的美，或许，自己是沉默中学习宽容，在沉默中学习坚强，在沉默中学会了如何善待自己。

然而，在心的另一端，一种莫名的恐惧也随之袭来，我听到了心弦最底层的颤动声——自己仿佛在一步一步地迷失，不再有东西在泯灭似的，我感觉到此时的自己——是陌生的！我惊诧，究竟哪个才是真正的自己？我不愿让生活的大河磨平自己独有棱角，却又不得不接受这份洗刷。矛盾充斥着我：如果有人问我是继续沉默，还是还真我本色，我无言，因为我无奈！

于是，在渴望这记忆加速沉淀的日子里，我渴望回到涉世之初，永远地停驻在生命之初那最本质的心境。依然幻想着种种美丽。依然守候一份美丽——可是，生命往往只有一个轮回，自己已陷入这泥泞中难以自拔！

我停留，故我思远，我奔走，故我思深。

梦，为了我的梦，我付出了太多太多。但我知道，这些还远不够，等着我的路还很长很长，而且是布满了荆棘。

我知道我的今夜无眠，但我不知道怎样去面对自己，面对自己的一切。曾经的我是多么的豪情万丈，而谁曾料到今天的我是如此的疲惫不堪。

风走了，雨停了，心飞了，梦碎了，只剩下光秃秃的躯壳留在那里——心灵的深处！

日子发霉了，待太阳出来，它才恢复了原来的绚丽。

该往回走了，否则心灵承受不起太久的等待，哪怕前方有更大的风浪，扬帆，起航！

编辑心语：

心灵深处总是渴望一份宁静与美丽。本文语言洒脱，意境幽深，耐人寻味。

心中的绿荫

何 雨

外面的世界很大很美丽，我不再满足这狭小的绿荫。虽然，阳光透过层叠的绿叶射下来，给绿荫镀上金色的幻想，但我更幻想着外面的世界。

走进绿荫，竟未能感觉出来，直到林荫道的尽头，我才能感觉到浓浓的绿意。

生命之树紧紧依着，绿叶相互交错层层叠叠。迈进绿荫，心里一阵舒坦。历尽的委屈，好像不复存在了。一种奔突的充实与崇高的情感在我的肉体中穿行。风吹叶动，像无数只爱的温柔之手轻轻抚着我，轻抚我曾经受伤曾经荒芜的心地。我的眼前一片光明，万物因而变得柔和。

绿荫给我撑开甘甜的荫凉，向我敞开宽广的胸怀。给予我圣洁光环的沐浴，赠与我崇高入微的爱。我的思想在阴凉的拂动下，得以净化与升华。

我想，我儿时的摇篮定有外婆手的温馨，我的酣眠定有妈妈歌谣的香甜，我恬静的面庞定有外公钢丝般的胡须折扎的痕迹，我嫩嫩的鼻息定有爸爸烟叶熏陶。我成长的历程啊，倾注着亲人们的心血。

阳光洒下来的时候，绿荫在我心中。

外面的世界很大很美丽，我不再满足这狭小的绿荫。虽然，阳光透过层叠的绿叶射下来，给绿荫镀上金色的幻想，但我更幻想着外面的世界。

我需要外面更强烈阳光沐浴，愿意在外面的风风雨雨中惊兔般的奔跑。

绿荫默许时，我走出的怀抱。没有犹豫，没有脆弱，有的是一颗牵动的心。

现在，我已经越过绿荫的覆盖，绿荫的爱抚。但心中的那片绿荫是永恒的。

编辑心语：

渴望爱的庇护但又不能过分地依赖，生命的绿荫还是要靠自己去创造。本文寓意深刻，主题积极向上，给人一种美感。

梦

向瑞文

　　我非常喜欢做梦，在梦中可以忘记所有，整个人置身于天国一般，那种感觉只可意会而不可言传。

　　有人说，梦是假的；也有人说，梦在半夜是真的。我不知相信哪种好，因为我根本不知道梦有真有假。

　　但是，我非常喜欢做梦，在梦中可以忘记所有，整个人置身于天国一般，那种感觉只可意会而不可言传。

　　在梦里，我成了一条金枪鱼，当我在广阔无垠、异常美丽的大海中游荡，欣赏这煞是好看的景色时，一条可恶的白鲨正尾随而来。

　　我吓得没命地狂游。不用怕，我的速度绝对一流，那蠢笨的家伙想追上我是没门的。我心中一阵窃喜。

　　不好，我钻进了死胡同了。在前有阻拦后有追兵的情况之下只有拼死一搏了。不是说"天高任鸟飞，海阔任鱼跃"吗？那我就"跃"它一回。

　　于是，我憋足劲儿，开足马力冲出水面。

　　哇，真高啊！

　　又不好了，这么高我肯定会摔死的。

　　我闭上了眼睛，等待死神降临的那一刻。神啊，为我祈祷吧！

　　等了许久，怎么不见动静，是不是已经到了天堂。原来，死是这种感觉，这下我终于知道什么叫做死了。

　　当我睁开眼睛，发现自己安然无恙地站在陆地上，原来自己成了一只小白兔。

做兔子也好，不用被白鲨追杀，那就做兔子吧。边吃绿油油的青草，边打着滚儿，青草的味儿怎么是白开水的味儿？我有点儿疑惑不解。

"呜……"

是什么声音！我谨慎地竖起长长的耳朵，睁着红眼四处搜索。只见在我不远处有一条大灰狼，正龇牙咧嘴地对着我。

狼！

再一次的不好，我又开始了我的亡命生涯。

我上气不接下气地狂奔，眼看就要追上了。这回我真是没法可想了。

咦！怎么我的速度快了，身子也大了，是不是发生了什么事。

我回头一看，只见大灰狼夹着尾巴往回奔跑。往自己一瞧，原来又成了一头威武的雄狮。

我漫步在草原上，凡是见到我的动物都吓得没命地逃。做狮子的感觉可真不好，没有一个朋友，要是像天上的蝴蝶，自由自在的多好。

咦！我怎么轻了许多，整个身子飘了起来。原来我再一次成为蝴蝶。

飞来飞去，听见不远处有悦耳的手风琴的乐音飘过来。飞过去才知道，它们正在举行舞会。

在那旁边坐着一位美丽的蝴蝶妹妹，她正看着伙伴们发呆，因为她没有舞伴。

我飞过去很绅士风度地问了一句："小姐，我能请你跳支舞吗？"

顿时，她的脸上露出喜悦的神色。

我们手牵着手在花丛间快乐地舞蹈。她那美丽的翅膀，要说多美就有多美；她那银铃般的笑声，赛过了天使。真是美丽极了！

百花丛中，我们嬉戏、追逐着，幸福就在这一刻洋溢、飞扬。

哎呀！蝴蝶妹妹不见了，急得我四处寻找。

哇！好漂亮哟！

太阳底下，一位亭亭玉立的女孩立在草原之上。她那油亮瀑布般的秀发在清风的拂弄下舞动着，宛如布满星星的夜幕，煞是养眼；那大而水汪汪的眼睛下镶着一道精致的樱桃小嘴儿，整个是个卡通似的人物，是那么的迷人。

这是梦还是童话，我有点儿不相信眼前这一切。正想追上去，她却越飘越远，嘴角露出醉人的永恒的微笑，直至消失。

编辑心语：

梦是虚幻的也是奇特的。本文联想丰富，寓意独特。

雨 思

张莎莎

很久没有看见蓝蓝的天、白白的云、清清的风、爽爽的路。这个雨季大概已经待得太久了……

绵绵的细雨下个不停，给人的印象好像并不是那种"春雨贵如油"的感觉，在这样一个水资源丰富的地区，当然觉得雨比水更廉价了。

有人觉得雨是大自然的精华，天地间的灵气。这也许是爱雨的人才会有如此感触。不爱雨的人，却是另一种感受。阴阴的天，暗暗的地，滴滴的树叶，湿湿的伞，让人有一种被淹的感觉。

撑着伞，独自走在雨中。忽然间有种发霉的味道真冲鼻尖。一切都在雨中静静发霉，正长着霉斑。

霉味，还在蔓延，不过好像又有一种让人窒息的味道。一点点水汽钻入鼻腔，顿时，像失去了呼吸的功能，闷得发慌。

斜斜的雨丝打在伞上，也打在身上，弄得裤角又泥又水的。衣服跟皮肤这时也是零距离接触——贴在身上。风再大一点，鼻子又忍不住来了一个口腔与头部组合运动，让人真受不了。只好抹了一把鼻涕，割断雨丝，狂奔到屋里换衣裤了。

待换好衣裤，捧着热茶，烤着火时，屋外那哗啦啦的声音便又重新奏起来。

烦啊，想一个人静静都不行。雨就是喜欢在人心情最糟的时候，还喋喋不休，愤愤不平。这时，多想天快晴吧！让人重新感觉晴朗的味道。

刚换的衣服还在那里滴着水，心里也在滴着水。不由得又望一望天，望一望地。谁也不敢违背大自然的旨意，它要在本来很晴朗的空气中撒一点水。不，应该美其名曰为"甘露"。它以为它做的一切都是对的，却不知厌雨的人在咒骂它。可雨一直下着，没有人能阻止。

一年四季，都会下雨。大自然可以让不需要雨的地方，泛滥成灾；让需要雨的地方干燥如火。它就是喜欢与人对着干。为什么它总是在捉弄人？人不是很早以前就已经和它在搏斗了吗？难道它不服要进行报复？

人们开始有点儿怕它了，可为时已晚。它仍然我行我素，好像根本不把我们放在眼里。

人们的确有点儿怕它了，一座污水排放厂建立起来，一棵棵树铺遍了山野，一条条小路洒满了花草。

最终，大自然赢了，人们输了。

也许，明天就是万里碧空吧。

很久没有看见蓝蓝的天、白白的云、清清的风、爽爽的路。这个雨季大概已经待得太久了……

编辑心语：

连绵的雨季免不了让人觉得压抑和烦闷，人人都渴望阳光，渴望轻松，作者笔下流露出来的正是这样的心情。

10
CHAPTER

第十章
有一种牵挂在故乡

　　"美不美，故乡水；亲不亲，故乡情。"每当身处异乡，回忆总是那么的温馨。那种对故乡的憧憬，那种心灵赤子的情怀，总会呼之欲出。客居者，做客而居也。我们虽身在异乡，最恋却道是故乡，那魂牵梦萦的地方。

故乡情结

张秀琴

因为它的贫穷，我开始逃离；因为它的贫穷，我又总想回归，复杂的乡情，终于成一个难解的结。

世界上有很多事情就是让人不可理喻：你远离了故乡的土地反而会对它多了几分亲近的宽容。粗野鄙俗的男人、女人，不知规矩的小孩、顽童，曾经令你感到厌烦的一切似乎都一个个列队走进你的记忆，愈来愈清晰，愈来愈具体，他们那些曾经让你觉得索然无味的行为忽然间似乎也是事出有因，情有可原。于是，你开始关心他们现在是否依旧贫困依旧目光短浅依旧虚荣。或许，这就是所有异乡异客漂泊天涯时的故乡情结。

故乡：你好吗？

仍然记得一年前你淡漠而视我的远去；仍然记得我毅然决然离你而去时的义无反顾。

真的，你那块曾经贫瘠得让人落泪的土地没有给我太多的恩惠，留给我的总是丝丝隐痛。小女孩稚嫩的心灵很容易受到伤害。村头那个永远和善的孤寡老人——九爷的形象又浮现在我眼前，可他已离我们远去。当疯狂的汽车压过老人的身体，奄奄一息的他躺在医院，几天来竟无人照料。故乡，贫穷与农忙是你当时唯一的借口。可起码的人道哪里去了？我不解，只能眼睁睁地看着老人悄无声息地离去。"世态炎凉"忽然在我年轻的心中不再是一种理念而被体验，不再是一种感觉而被感知。你有过歉疚，从人们的口中，我能了解。而敏感的我只能这样理解：那是所剩无多的善良在向老人忏悔！

想象的困境比现实的困境可怕，最摧残人的不是对现实困苦的承受而是对未来困苦的恐惧。而这可怕与恐惧，我却经历过。故乡，你知道吗？当初握着高校录取通知书向你求援时，你的冷淡真正让人寒心！以致让我在绝望中感到本来光明的未来茫然无望。是的，穷怕了的你对钱的渴望比任何更长远的投入更在乎。于是，我的一个个同伴被你送走，南下，北上，为了生计，为了挣钱，也为了那份虚荣。

假若没有这个蛮荒的故乡，九爷何以走得如此匆忙？假若没有这个贫穷的故乡，我何以遭受那种恐惧？然而一切假设都无济于事，故乡贫穷，那是不争的事实！同时，我心中很自然地有了心结：是故乡害死了九爷，是故乡给了我一次刻骨铭心的痛。所以，我选择了义无反顾地离去。在异乡都市的喧嚣中，与人言的不是你的朴实你的憨厚你的善良，而是你的贫穷你的浅薄。异乡的忙碌很快就过去了，接下来是极端宁静极端自由极端孤独的生活。都市的繁华与淡漠似乎更让人生厌。于是，碰到一个故乡人，听到曾经厌倦的乡音，突然间，心中却有了一点亲切与欣喜。故乡，我抱怨你却依赖过你。要不然，为什么嘴里、纸上愈来愈勤地念叨着你，不管是恨，还是爱。我以为这辈子不会留恋你，却发现一切有关你的记忆在异乡竟然变得温存起来，包括你给我的伤痛。在湘江腊月雪飘的时节，我终于又回到你的身边。一切都没改变。还是原来粗俗的男人、女人，还是不知规矩的小孩、顽童。只是在众人望我的眼光中有了一种畏怯的同时也是羡慕的神情。听说城市的大学生可以当官可以挣钱可以不再受穷可以不再吃苦，他们一下子围拢了过来。那种欣喜让我心痛！我不知道对这种欣喜包含的虚荣该不该一笑了之。"当官了就不穷了，多好！""要是你回来，给我们造造福多好……"这是故乡——你的最大的渴盼吗？望着桌上鸡蛋、蔬菜之类的赠品，我感觉到的不再是厌倦和鄙夷，而是虚荣中那份难得的真诚。

其实，故乡也想走出贫穷，走进文明。只是太多的困苦太多的无奈已把你本业的淳朴与善良遮盖得严严实实，容易让人误解。或许，有一天，身为异乡客的我能真正了解你。

到了信的末尾，我的目光久久停驻在"故乡"的字眼上，只觉得肩上好沉好沉。故乡，你能走出贫穷，是吗？是的，你能。祝：一切都好！

编辑心语：

落后、贫穷、闭塞的乡村在"我"的心里烙下了伤痕，作者有一种深深的忧患意识。文章语言平实，读后令人回味。

回忆故园

姜慧敏

　　我的童年不再，我的故乡也便不在了。我被时间从这块土地上连根拔起，栽到了另一块土地上，再也无法融入故乡的血脉了。

　　故乡一别已经八个年头了，中间曾回去过几次，见到的却全然不是记忆中的样子。

　　记忆中的故乡山明水丽，是一个秀秀气气而又朴朴素素的北方小山村。一条将村子分为南北两半的公路与一条森林铁路紧紧依偎着。路的两旁屋舍俨然，杨柳成行，零星的几家小店点缀在宁静的小巷里。

　　晨雾尚未散尽时，就听见叫卖豆腐的吆喝声。卖豆腐的大婶姓杨，人干脆利落，穿得也干净利落，一头齐耳短发往耳后一掖，一丝乱的都没有。她的豆腐可是又白又嫩，好吃极了。她的吆喝声与众不同，"腐"后面长长的尾音儿会突然拐个直角弯儿，拔高几度后戛然而止。酽酽的味道就像小吃店里的豆浆。

　　小吃店里不仅有豆浆，还有油条、麻花、豆腐脑儿……我最爱吃的是凉粉儿。凉粉儿是用淀粉做的，装在桶里或锅里透明软软的一大块，挺像现在到处卖的果冻。夏天的凉粉儿浸在冰凉的井水里，吃的时候挖出一块，放在案板上切碎了盛进碟子里，加上醋、酱油、香油，洒上香菜、蒜末，拌匀后，用勺子舀着吃。筷子是不行的，凉粉儿太滑。吃到嘴里，一不留心，它就直接滑进了嗓子眼儿。

　　夏天除了吃凉粉儿，还可以去河边消消暑气。村边有一段不太深的河水，卵石底儿，水流又清又缓。河边常有一些女人在那儿洗衣服。孩子们都在河里：抓鱼、摸河螺、打水漂儿、打水仗……没有比他们更开心的了。衣服一会儿就湿透了，岸边洗衣服的娘或姐就装作生气地叫了他们过去，将他们衣服上的水拧干后，把他们连同洗好的衣服一起"晾"到河边小山上的矮树丛里。

小山实在是太小了，一个大人花十几分钟可以绕它一圈，或攀上山顶再下来。对孩子们来说，这山小得恰到好处。被"晾"到山上的孩子们不等衣服干就在山顶的小树林里四处散开捉迷藏去了。在和暖的山风中奔走嬉闹一阵之后，衣服倒是干了，可上面却又添了草汁、泥印儿。上来收衣服的娘或姐见了，少不得骂一顿，拧着一只耳朵下了山，将这些顽皮的孩子们剥光衣服按在河里涮干净后，给他们换上刚收回来的衣裳，又接着洗才剥下来的那一身。

年纪稍大的孩子不会这么疯了，因为他们上了学，学校和老师的威力大着呢。

中学和小学位于村子的东西两侧，都靠着公路，也都上了岁数，显出几分沧桑。

小学旁边的风景好，南面是山，西边是一望无际的耕地，东边还有段河。就为了这条河，老师们不知多操了多少心。

中学的设施好，有栋两层的楼（小学没有楼），还比小学多出四个篮球架。中学的围墙是砖的，比小学的木栅栏结实得多。中学的校址原来是块坟地——似乎很多学校的校址原来都是坟地——因此有了很多闹鬼的传闻。

我们住的那条街有七八个年纪相仿的女孩儿，特别喜欢聚在一起讲这些闹鬼的传闻。有一个女孩，她的父亲是中学老师，讲起闹鬼的故事绘声绘色的，一个叫晓红的女孩总会被吓得哭起来，我们便笑她胆小，其实自己也早已吓出了一身的冷汗。

除了聚在一起讲鬼故事，我们还有一些新点子，比如占用谁家的客厅弄个画展，来个演唱比赛之类。有时还会办份报纸，每人负责一期。每期报纸都图文并茂，可惜没过多久这份报纸就夭折了。最有意思的一个点子是每个人都在家门口设了一个隐秘的"信箱"，每人都取了一个自以为很美的名字，而后用这些名字写信，自己去投到对方的信箱里。过了好久还不见回音，往往跑到对方家里去问她为什么不回信，而后再跑回自己家里守着信箱等她送来回信……

我的童年与故乡血脉相连，我离开故乡的时候，把自己的童年也留在了那里，我记忆中的故乡也永远是我童年时的样子。

　　八年的时光改变了我，也改变了故乡。故乡变了很多，是变年轻了还是变老了，说不清楚，只觉得陌生了。

　　走在那条在童年不知走过多少次的路上，再没了当年的心情——现在我只是走在故乡土地上一个匆匆的过客。所有的东西仿佛都不在原来的位置上了，除了学校和河。

　　学校依旧，不过各自又添了几间校舍，操场更平整，旗杆更高更新更威风了，学校周围高大的白杨树又多了几圈年轮。河呢，依然在原来的河床上流着，只是两边砌了水泥的堤岸，上面的木桥被钢筋水泥桥代替了。

　　曾经是我的家的几间老屋也还在原处，但已几易其主，面目全非，再难辨出当年的影子了。我曾精心待弄过的门前的小花园儿，而今已成了空地，被踩得结结实实的。

　　伙伴们也还在，跟我一样，她们也都长大了，变了很多；见面除了寒暄几句，便陷入无言的尴尬，彼此心照不宣地相视一笑，就婉转地找个理由散了。

　　我的童年不再，我的故乡也便不在了。我被时间从这块土地上连根拔起，栽到了另一块土地上，再也无法融入故乡的血脉了。

　　失落？惆怅？也许有吧。我分明知道自己八年来念着的其实不是这块土地，而是一段童年的记忆。但，即便是段记忆，我还是会一直念下去，还会到那块土地上找下去。因为那是我的梦开始和生长的地方。

编辑心语：

童年是梦开始和是生长的地方，是那样的美好无瑕。文章语言娴熟，优美，令人回味。

故乡的海

胡　珀

故乡射阳的海是不同于别处的。别处的海，蔚蓝一片，而故乡的海，却是灰黄色的。茫茫滩涂连着海天一色，偶尔一两只鸥鹭飞过，单调的弧线显出些许凄凉、孤寂。

故乡射阳的海是不同于别处的。别处的海，蔚蓝一片，而故乡的海，却是灰黄色的。茫茫滩涂连着海天一色，偶尔一两只鸥鹭飞过，单调的弧线显出些许凄凉、孤寂。

此时已是黄昏，我拎着裙角，光着脚丫漫步在海滩上。海风夹杂着淡淡的咸腥味向我迎面扑来。放眼望去，一切都显得朦朦胧胧的，海天之间被茫茫雾气融为一体，天边抹着一缕晚霞，落日的余晖斑斑点点地洒在海面上，我不禁诧异于海的博大了。

我漫步在海滩上，任海水冲刷我赤裸的双脚。此时的海，一片灰黄，难以分清哪是天、哪是海。微风掀起的滚滚浪涛，像一群天真的孩童，笑嘻嘻地扑上来，在跳跃，在追逐，在赶浪，在翻滚，淹没了我的双脚，好凉爽啊！

我登上了海边一块巨大的岩石，天真地想追寻海的另一边。大海就像我在海滩上看到的那样苍茫无边，只有一条朦胧的、细细的水平线。我再次惊诧于海的博大了。故乡的海上，是有着许多渔民的。绯红的晚霞醉在海中，偶尔飘来几串粗犷的歌声，那是摇橹归来的渔人倾吐他的心语。

天边最后一抹余晖消失了，天色渐渐暗了下来，呈青蓝色，辽阔无边。海在夜的映衬下，呈现出深邃的蓝色。明月的流光如一层晶莹的轻纱覆在海面上。隐约可见海浪粼粼。耳边满是"哗哗"的水声，海浪吻着沙滩，吻着岩石，此时的海有着洞彻人生的灵谧，那么远……

不知何时，海滩上亮起了无数渔灯。一盏、两盏……橘色的光如闪烁的繁星，给人温馨，给人慰藉。耳边飘着渔民们的欢声笑语，空气中满是鱼米的香味……

噢，故乡的海，我深深爱着的海啊！

编辑心语：

作者用细腻的心灵观察大海，抓住了"不同于别处""灰黄色"的特征。按照时间顺序逐层推进，由远及近，又由近及远，由上至下，又由下至上，多种描写顺序有机结合，比较成功地描绘了从黄昏到夜晚的大海。

冰窗花

秦海东

　　冰窗花，让我看到了北方的旷野，让我彻悟了南国的情怀。一幅幅美丽的冰窗花，绘给农家父老，献给苦读寒窗的奋进人。它是走在朝阳前面的百花园，当朝阳的小手抚到她的脸上时，那羞涩喜盈的泪慢慢地拭去自己的杰作，留给人们的又是一个明亮的世界。

　　寒冬的日子，让我想起了冰窗花。而今的家，门窗都用明净的玻璃镶嵌着，屋里洁白明亮，每天早晨起来，这清爽豁亮的小屋，让纷飞的思绪从这里升起。

　　小时候，老家有三间平房，夏天屋里雨脚如麻，冬日冰冻三尺，家中的窗户是用麻绳色的纸糊上的，每当东方放晓的时候，迟迟看不见太阳，所以，每天我上学吃早饭是以鸡叫为信号的。当家里的公鸡第三次叫起的时候，妈妈看看窗户，还是黑洞洞的，起身便燃起一盆火。我就在这盆火的陪伴下从炕上起来。妈妈出门抬头望望让长夜净化得格外明亮的启明星，说："今天上学又不会迟到了。"寒冷的冬天，我的读书生活，就是妈妈这样陪伴的呀！

　　有一年，生活好了点，爸爸说："这纸糊的窗户，实在闷得慌，别的人家都换上了'三条'玻璃窗，咱家也改改吧。"就这样，爸爸把从祖辈手中接过来的老式木框窗改成了"三条"玻璃窗。从此，泥土墙的黑屋也明亮了许多。早晨东方放亮，爸爸妈妈早早醒来。爸爸冬日早晨习惯上山拾柴，妈妈呢，日复一日地为我们上学做饭。有一天，语文老师让大家回家写一篇观察冬天景物的日记。我很为难：家里院子光秃秃的，只有一垛在寒风中刮得沙沙响的玉米秸，门前的那棵老白杨留下秋天的一点残叶，风吹起来响得让人心中惆怅，写什么呢？第二天早晨，我从炕上起来，弟弟高声叫喊，"哥哥，快看，多美的冰窗花呀！"我此时心中一惊，可不是，这窗花真是神奇呀！一片片的冰窗花引来我童真的梦幻，编织出我那五彩的梦幻。

农家的屋，冬日的寒冷，冰窗花雕刻得十分的美。飘浮的带子系着朝阳的笑脸，润泽、晶莹、爽亮，就像古代壁画上的神女，看在眼里，醉在心上。那刻出来的苍松翠柏，虽没有高山寒处的威严，但刚毅的形体仍然让你想到它的性格，枝枝叶叶舞弄得惟妙惟肖。这一幅幅的冰窗花啊，虽然是自然幻化的杰作，但让涉世不深的农家孩子领略了大自然的独特之美。看那造型奇特的山鸡、野兔、松鼠、百鸟登枝的图案都是那么欢娱，仿佛我的眼前是一个百鸟争鸣、群兽狂奔、万花飞舞的世界，让激动不已的心潮涌向那无限欢腾的天际。心中笑纳美丽的自然，唱出了万物升腾的歌。

冰窗花，让我看到了北方的旷野，让我彻悟了南国的情怀。一幅幅美丽的冰窗花，绘给农家父老，献给苦读寒窗的奋进人。它是走在朝阳前面的百花园，当朝阳的小手抚到她的脸上时，那羞涩喜盈的泪慢慢地拭去自己的杰作，留给人们又是一个明亮的世界。

看不够的冰窗花，想不完的心中事，而今走过来的路，不正像这冰窗花吗？留下的飘荡在脑海里，成为生活的动力，逝去的成为朝阳抹下的泪，淡淡的，轻轻的。

编辑心语：

作者观察仔细，能够从平凡的生活中发掘素材，并展开丰富的联想，给人以一种美的启迪。

吉利鸟

孙晋君

我手中的吉利鸟仍在挣扎，回头走了几步，我还能听到雏鸟在"吱吱"叫喊，也许此时它们感到没有母亲双翼庇护的寒冷，我不由得站住，闭上眼，慢慢松开双手，我感到吉利鸟的双爪猛力一蹬，眼前有一双翅膀展开鼓动，睁开眼，再回头，那只吉利鸟已飞回鸟巢，展开翅膀，严严地护着身下的幼子。

天还没亮，我从娘的怀里爬起，告诉爹，我要去捕吉利鸟。

吉利鸟是我们鲁南丘陵地带特有的一种鸟，它飞翔时，你只能听见它的鸣叫悠长而婉转地从云里流出来，而看不见它的身影。它栖息地面时，周遭稍有声动，就会箭一般射入云端。山村孩童谁要是有一只吉利鸟，那他自然就成为村里的孩子王。

我本没奢望拥有一只吉利鸟，但邻居家来了一个好看的穿蓝背带裙子的城里女孩，每当她见到孩子王手中的吉利鸟，就跟随着看。听到鸟叫她也"咯咯"地笑，在我听来，她的笑声比吉利鸟的叫声要美，可她从不理睬我，我猜是我没有吉利鸟的缘故吧。那天，我在大榕树下拦住她，告诉她我要给她一只吉利鸟，她被我的突然出现吓得后退两步，然后睁大眼睛点点头，我高兴地跑开了。

要捕吉利鸟只有去寻它的巢，在那里才有可能捕获。记不得多少天后，我终于在野外的草丛里发现了一只有五枚鸟蛋的鸟巢。夜里，我梦见捕住了一只很美的吉利鸟，送给了那个穿蓝背带裙的女孩，她笑着，拉着我的手，和我说了许多话……

天渐渐亮了，我顺着留下的记号很快找到了那丛草，我的心"怦怦"直跳，鸟巢里趴着一只吉利鸟！它清而橙黄的眼睛也同时看到了我，完了，它要飞！我急得大汗直冒。但巢里的吉利鸟并没有动，只是盯着我，天空中，另一只吉利鸟在高声哀鸣，声音凄楚，听得出，这是雄吉利鸟在呼唤巢里的雌鸟快飞跑，没再犹豫，我的双手合拢按下去……

这是只和我梦中一样的吉利鸟，在我的手中，它挣扎地叫着。再看鸟巢，昨天的鸟卵今天却变成了五只红彤彤的雏鸟，它们还没有长毛，紧闭着眼睛蠕动着，怎么办？把它们一起带走，我是无法养活的；留下别管，五只刚出壳的雏鸟当然活不成，怎么办呢？

我手中的吉利鸟仍在挣扎，回头走了几步，我还能听到雏鸟在"吱吱"叫喊，也许此时它们感到没有母亲双翼庇护的寒冷，我不由得站住，闭上眼，慢慢松开双手，我感到吉利鸟的双爪猛力一蹬，眼前有一双翅膀展开鼓动，睁开眼，再回头，那只吉利鸟已飞回鸟巢，展开翅膀，严严地护着身下的幼子。

我为人类应有的良知丧失了对自己喜欢的女孩的信义。

空着手回家，我说吉利鸟正在孵小鸟。爹指着我的头说我心太善成不了大器，而娘则把我揽进怀里。

城里的女孩当然没有理我，但她听到吉利鸟的叫声仍很美地笑，直到她离开，也没有向整天跟在她后面的我说一句话。我在委屈中感觉到内心的强大。

吉利鸟的叫声时时在我头上的天空响起，我常想要是当时向她说明，她会不会因此成为我的朋友呢？

编辑心语：

鸟也有人性，也有舔犊情深的母性，"我"正是受这种雌鸟的感染而动了恻隐之心，这很容易使人联想到了《小麻雀》。作者感情细腻，文笔优美。

夏 夜

小 禾

临街而居的人们早早吃罢饭，打来冰凉的井水，把各自门前的地洒得湿漉漉的，既降温，又防止尘土飞扬；待晾得七分干时，就搬出凳子，支起竹床，一家人或坐或卧，闲谈纳凉，一条街长龙似的摆起了竹床。

最后一丝太阳沉下山的时候，晚霞还要火烧火燎地红好一阵子，天才一点一点暗下来。小镇一整天的酷热、忙碌、喧闹、烦躁都沉寂了。不知什么时候起，家家户户的炊烟都袅袅地荡出烟囱，像是约好了一般，老水牛在池塘里泡足了澡，被老农牵着慢悠悠地回来了，间或"哞"的一声，隔山隔水的眼神又给降临的夜添了几分水汽与清凉。

临街而居的人们早早吃罢饭，打来冰凉的井水，把各自门前的地洒得湿漉漉的，既降温，又防止尘土飞扬；待晾得七分干时，就搬出凳子，支起竹床，一家人或坐或卧，闲谈纳凉，一条街长龙似的摆起了竹床。

这是我小时家乡夏夜的情景。我是爱夏夜的，因为每晚做完功课后，我就可以和小伙伴们一起玩耍、捉迷藏、抓萤火虫，到邻家的菜园偷吃黄瓜和西红柿……我的功课就是，没上学时，爸爸白天教我背两首诗，晚上重新背给他听；上学以后，就要复述白天读的文章了。我背诗的时候，一群玩伴就围在我身后静静地等。偶尔由于急着去玩，背不出来，他们的着急比我更甚，骂："笨蛋！"无疑，我必须感谢这别致的启蒙，由于小时候背诗练就的功底，长大后我背古诗词毫不费劲儿。

疯够了，玩累了，再满头大汗地回到竹床上去，偎到妈妈身边，听她惊呼："死丫头疯个什么呀！别碰我，满身的汗气！"我埋着头得意地偷偷笑。不知为什么，心里很自豪，仿佛从自己的世界里带回了大人们不能理解的宝藏。

大人们什么都聊，谁家咸菜做得棒，鸭蛋腌得好，个个冒黄澄澄的油；谁家娶媳妇，谁家添了双胞胎；谁家儿子不成器，成天在外吃酒赌博。忽然想起什么，叹一声："西庄吴家那孩子，不得了，次次考试第一名，像是个有大出息的！"瞅一眼躺在身边打着哈欠的孩子，再添一句："你怎么就不能像人家那样呢！"爱串门的老人摇着蒲扇走来走去，一路上不断有人客客气气地招呼："六叔，来，坐这儿。"一侧身腾出一块地方，嘱咐孩子："给六爷打蚊子。"来人依言坐下，竹床"嘎吱嘎吱"地响。丝丝缕缕的凉风吹过，老人惬意地闭上眼，给晚辈讲起了陈谷子烂芝麻的经年往事。睁开眼来，见一旁打扇的孩子头上渗出细细的汗珠，爱怜地一把搂在怀里："好乖乖，别动，爷爷给你扇，看你这一头汗。"

大人们说着气候，说着收成，凉够了，拍醒早已蒙蒙眬眬睡去的孩子："走，回屋去。"孩子贪恋外面凉快，扭着身子不肯去，被大人扯着胳膊拉下床来，说："半夜里淋了露水生了病，看谁管你！"孩子委委屈屈地往屋子里搬凳子，睡得有些迷糊，转来转去找不着门，满天星星笑得直眨眼。

孩子在一天天长大。他没有感觉到什么变化，而蛙声渐渐地稀，月色渐渐地冷，夏夜也慢慢地凉，凉成秋了。

编辑心语：
童年的记忆是无比美好的，充满了纯真的气息。文章语言生动形象，可读性较强。

老 房

王加强

　　今年冬天还下雪吗，我还要去找瓶子，贮雪，给我的爷爷奶奶抹平皱纹。可惜小屋已经不在了，带着我儿时的梦，儿时的幻想，儿时的欢乐，从这个世界消失了。

　　今年秋天，叔叔要在老宅基上盖新楼房，便把老房子给拆掉了，那是爷爷、奶奶曾经住过的小屋。

　　于是，那浸渍了我二十年灵魂的老房子从这个世界上彻底地消失了。

　　有时候，我梳理这过去二十年平凡而简单的生活，发觉令我感动心牵的东西真是太少太少了，这少之又少的一切都糅在已经逝去的小房子里面。

　　小屋之小，名副其实。仅容了两张床，一张桌子，柜子，两把老竹椅，此外就只有旋身之地。小屋矮而黑，两扇门，没有窗，我小时候就叫它"碉堡"。

　　我两岁的时候住进"碉堡"。两岁时，弟弟出生了，爷爷就将我抱到小屋里。我从此开始给爷爷焐脚，这一焐断断续续就是十八年。十八年，我从婴儿长成为一个青年，丝丝缕缕，都与小屋牵扯不断。

　　冬天的时候，屋外北风呜呜作响。我趴在小屋里那张桌子上就着昏黄的油灯写作业。奶奶坐在一旁，她一边纳着鞋底，一边不时地看看我："啧啧，看我娃字写得多好啊！跟画的一样，好好读，我娃将来准考状元呢！"

　　其实奶奶一天书也没读，一个字也不识，当然更无法评判字的好坏了；而且在她的眼里读书人的终极目标就是像古书古戏里讲的一样赴皇考，中状元。虽然我知道奶奶讲的没有道理，但听到奶奶夸我还是禁不住满心欢喜。

奶奶突然想起了什么，说："娃啊，奶奶考你一考，奶奶今天卖了七个鸡蛋，三毛六一个，你说，他该给我多少钱呢？嗯，看你算得出来啵……"她又停下手里的针线活儿，抖抖索索从兜里掏出一个装钱的纸袋，倒出一堆分分角角的零钞，数来数去。

"哎，老头子，他给了我两块五，对不？"

这时一直在旁边床上偎着闭目养神的爷爷口中便念念有词："七个，三毛六……七个，三毛六……两块五，两块五……对，对，就是两块五，没错……"其实爷爷也没有读过书，心里也是一抹黑。

"奶奶，我算出来了，他该给你两块五毛二分。"经过列横式竖式，我终于气喘吁吁地算出了结果。

"两块五毛二？"奶奶说。

"是的。"我肯定地说。

"二分，这个老头，又短我二分了。"

"其实我算的也是两块五毛二分，二分嘛，就算了。"爷爷这时候极不明智地插了一句。我不知道他说算了是说他算的时候给"算了"，还是劝说奶奶算了，不要计较那两分钱，不必再追究了。

奶奶却不依："不行，明天他打这里过，可得叫他补给我，一盒火柴呐！"

"那个老头，我常把鸡蛋卖给他呢，他……欺我老太太不会算呢……嗯，还是我娃会算，书没有白读。"

她又掉过头去数落爷爷："你这个糊涂蛋，榆木脑袋，我怎么就跟了你一辈子呢！"

所以我说爷爷那句话插得极不明智。

可是爷爷依然嘻嘻哈哈、含含糊糊地答道："怎么了，怎么了，我算的不就是两块五——哦，两块五毛二吗？"

"两块五，两块五，我要说他给我一块五，你保准算的也是一块五呢，你个木头疙瘩！"

"嘿嘿……"

我依旧趴下写我的作业。爷爷轻轻地打着鼾。奶奶依旧不依不饶、絮絮叨叨地数落着爷爷。屋外，北风呜呜地叫着，小屋也慢慢地睡着了。

后来我长大了，离开小屋到外地读书，每每周末回来的时候，我依旧回小屋跟爷爷凑一晚上。我笼在被窝里，爷爷披着大棉袄，偎在床上，靠着墙，叼着烟，闭着眼，不时吐一个烟圈，悠悠地说一两句话，有时成章，有时很凌乱。奶奶也不时搭上一两句。我常常愿意时光就停留在这样的时刻，空寥的世界上就只有我，爷爷，奶奶。我们偎在床上这样散散地叙着话……

这时候，他们不再让我算鸡蛋钱了。

奶奶会说："在学校里吃得饱吧？睡觉要笼紧被子。跟同学们关系处好，不要闹别扭。"

爷爷又会不搭边际地说一通："唉，我这辈子挺知足的。养活你伯、你叔、你爸和你姑姑们，他们成了家立了业，又生下你们，个个健健康康的。算是儿孙满堂了！……"

他闭着眼，吐着烟，安详而平和。

我只是静静地躺着，听着，什么也不说。

我突然发现了岁月流经的痕迹。爷爷老了，奶奶也老了。他们头发白了，皱纹满脸，背也驼了。他们老去，我们长成。唯有小屋年年岁岁日复一日的，见着人老去，见着人长成。

我躺着，想我的心事。我想起某个冬夜，下了厚厚的雪。第二天一早我爬起来，找了一个瓶子，往里面塞满雪，然后用棍子杵实，封口。我要把它们留着，留到来年春暖花开的时候。我听说隔年的老雪有美化容颜的作用。我把它们留到来年，就可以用之抹平爷爷奶奶额上的皱纹。

奶奶发现了我的瓶子，她问我干什么，我说了。奶奶搂着我，呵呵地笑："我的傻孩子！"

今年冬天还下雪吗，我还要去找瓶子，贮雪，给我的爷爷奶奶抹平皱纹。可惜小屋已经不在了，带着我儿时的梦，儿时的幻想，儿时的欢乐，从这个世界消失了。我再能见到它，想是梦里。在梦里，我来到小屋前，从屋里走出我的爷爷奶奶，他们推开门奔过来，搂着我说："我的娃咧！"

编辑心语：

文章看似写老屋，实质写老屋的人和老屋的事。文章故事性较强，富有感染力。

故乡石阶

陈金宏

  我终于了却了多年的心愿，终于实现了童年的梦想。童年的光环已不复存在，石阶的梦已不再出现，但留给我的却是无尽的思索与向往……

  故乡的石阶哟，曾给我的童年时代留下了无尽的遐想与憧憬，留下了无数个解不开的谜。小时候，我屈服、崇拜于它的高陡，不敢去征服它，却常常想：那石阶的尽头是什么地方，住着什么人，是不是通往天的另一边……一个个解不开的谜自脑海闪过，我便去问外婆，外婆却每次都只是眯着双眼笑笑，神秘地告诉我说："你长大就会明白了。"我似懂非懂地点点头，可又不敢去探索那石阶的谜。经常俯卧在石阶旁边的草地上，双手托着下巴，翘着双脚，仰起头看那石阶，却总是看不到尽头，心里想着：那石阶的尽头也许通向一个新的天地，那里有我的梦想；那石阶的尽头也许住着一位好看的仙女，会给我带来无限美好的梦境；那石阶的尽头也许有数不清的玩具，任我挑选……那无尽的谜，无限的遐想，似一团迷茫的大雾笼罩着我，伴随我度过幼稚的、充满憧憬的童年，"长大后一定要去探索那石阶的尽头之谜"的愿望已经在我幼小的心灵里播下了种子，并且已经生根发芽了。

  随着年龄的增长，童年时播下的种子开花了，促使我去了解与探索童年的谜，我迫不及待地想登上那石阶的尽头。

  当我站在石阶上，迈着那羞涩的碎步，轻盈地踏上台阶时，一种从未有过的一种微妙感觉顿时充满了我整个身躯，使我热血沸腾，太阳柔光四射，我微笑着一步一步迈上台阶。两旁的景色真不错，那一株株翠竹，舒展着自己强有力的手臂，把太阳遮得严严实实的。竹林边，是一片草地，小草已经悄悄地探出头来，地上铺着一条彩色的绒毯，小鸟唱着婉转动听的歌儿，简直像一个世外桃源。偶尔一阵风拂动我的发鬓，竹林便响起"啦啦啦……"的歌声。

我实在太累了，便坐在草坪上倚着翠竹休息了一会儿，竹儿为我遮挡阳光，鸟儿为我唱歌解闷，风儿送来花儿的芳香为我解乏，好惬意！我顿觉浑身增添了无穷的力量。我一骨碌站起来，又精神抖擞地去攀登童年的理想，去追逐童年的梦，去寻找童年的谜底。

竹林旁，留下了我的倩影；石阶上，洒下了我的汗水。噢！我终于找到了童年的理想，追到了童年的梦，也解开了童年的谜底。石阶的另一边，是一条更长更宽的路，是通向光明之路，是通向理想之路，是通向成功之路！我有了一种从未有过的成就感，仿佛完成了一项重大的使命。是呀，我终于了却了多年的心愿，终于实现了童年的梦想。童年的光环已不复存在，石阶的梦已不再出现，但留给我的却是无尽的思索与向往……

故乡的那道石阶哟！好甜、好香的梦！

编辑心语：
文章寓意深刻，作者写石阶就是写成长，读后令人回味无穷。

我的青春，我的故事
——"最年华"青春系列图书稿件征集

是否还在感慨如今网络小说到处泛滥，语言苍白无力，情节大同小异，肤浅无聊？

受够了有没有?!!!

是否还在感叹韩寒、郭敬明，小说一本接一本，每一本书、每一个精彩的故事都夹杂着不一样的青春气息？

羡慕了有没有?!!!

是否还在悲叹自己的故事比他们的更加曲折、更加令人感动，却因为没有出手而要被埋没在一个人的记忆深处？

可惜了有没有?!!!

不要再感慨悲叹，现在，翻身的机会来了！

"写出你的故事"——一场大型的以"青春"为主题的故事征集现在启动啦！

心动了有没有?!!!

席慕蓉曾说：青春是一本太仓促的书。是的，青春本就是一本书。

我想，最好的能为青春这本书留下一些纪念的方式便是用文字把它记录下来，而你做好准备了么？为自己独有的青春岁月添加一些篇章字句，描绘出它独有的色彩。

不一定要有华丽的文笔，只要你有一颗充满真情的心，就注定你的故事会别具一格。也许是关于爱情，也许是关于友情，也许是关于成长，也许是关于忧伤，也许是……那些关于你的青春回忆就像是老照片，在时光里慢慢沉淀，沉淀出属于你自己的味道，而有关你的青春的那些刻骨铭心、独一无二的故事并不会随着时光走远而渐至无声湮没，只要你拿起手中的笔，那些故事会像是一个个精灵，在你掌中幡然苏醒。

这是属于你的季节，你准备好了吗？

把关于你青春岁月中发生的那些刻骨铭心的故事，告诉我们吧！我们将会用最短的时间把你的故事打造成最精美的图书，让你的故事从此拥有更多的传诵和祝福。我们在这里等你！

活动细则：

1、故事题材不限、长短不限、风格不限，只要是你青春岁月中刻骨铭心的故事，就请你写下来，发到我们的信箱：zuinianhuats@163.com，来信时请注明你的详细个人资料和联系方式，我们有专人在第一时间进行阅读和回复；

2、所有来稿都会在第一时间刊登在官博，供读者欣赏、评选；

3、每周进行一次初评，选出三篇真情故事进入复赛；

4、每月进行一次终评，决选出最后胜者。而且稿酬从优哦！